마음이 향하는 시선을 쓰다

KB076376

마음이 향하는 시선을 쓰다

펴낸날 초판 1쇄 2019년 2월 25일

지은이 김유영

펴낸이 강진수
편집팀 김은숙, 이가영
디자인 임수현

인쇄 (주)우진코니티

펴낸곳 (주)북스고 | **출판등록** 제2017-000136호 2017년 11월 23일
주소 서울시 중구 퇴계로 253(충무로 5가) 삼오빌딩 705호
전화 (02) 6403-0042 | **팩스** (02) 6499-1053

ⓒ 김유영, 2019

• 이 책은 저작권법에 따라 보호를 받는 저작물이므로 무단 전재와 무단 복제를 금지하며,
  이 책 내용의 전부 또는 일부를 이용하려면 반드시 저작권자와 (주)북스고의 서면 동의를 받아야 합니다.
• 책값은 뒤표지에 있습니다. 잘못된 책은 바꾸어 드립니다.

ISBN 979-11-89612-18-4 03800

이 도서의 국립중앙도서관 출판예정도서목록(CIP)은 서지정보유통지원시스템 홈페이지(http://seoji.nl.go.kr)와
국가자료공동목록시스템(http://www.nl.go.kr/kolisnet)에서 이용하실 수 있습니다.(CIP제어번호 : CIP2019004927)

책 출간을 원하시는 분은 이메일 booksgo@naver.com로 간단한 개요와 취지, 연락처 등을 보내주세요.
Booksgo는 건강하고 행복한 삶을 위한 가치 있는 콘텐츠를 만듭니다.

마음이 향하는 시선을 쓰다

김유영 지음

치유와 성장 그리고
성찰을 위한 글쓰기

Booksgo

들어가며 글쓰기는 자신의 가치를 높인다

첫 번째 책의 강연회를 마치고 간단하게 출판사 관계자들과 한 잔 하면서 그날의 이야기와 출간 뒤 여러 이야기를 나눴다. 그러던 중에 다음 책도 함께 하자는 제안을 받았지만 선뜻 내키지는 않았다. 능력도 안 되는 작가에게 투자할 출판사는 없기에 출판사의 제안에 내심 기쁨과 걱정이 교차했다. 두 번째 책의 주제는 '퇴근 후 글쓰기' '글쓰기의 힘' '치유와 성찰의 글쓰기'였다.

요즘 대세가 퍼스널 브랜딩에 1인 1책, 글쓰기, 책 쓰기다 보니 욕심이 생겼다. 다만 초보 작가인 나에게 글쓰기에 대한, 거기다 치유의 글을 쓴다는 것은 언감생심이자 부담감으로 다가 왔다.

하지만 글을 쓰면서 치유의 시간을 가졌고 글을 쓰며 얻게 된 깨달음과 성찰을 알게 된 뒤여서 오랜 고민 끝에 결심을 했다.

나의 글쓰기 스타일은 전적으로 경험을 바탕으로 한 아이디어나 순간의 이미지, 시각적 분위기의 느낌, 단어의 맥과 연관성, 장면이나 본질의 깊이를 떠올려 문장을 써내려 가는 방식이다.

그렇게 막 쓴 글을 정리정돈 해야 하는 과정에서 쓰고, 지우고를 반복하고 글을 줄여 나가는 과정을 거친다. 절제된 문장으로 쉽고 담백하고 깊이 있게 풀어내고자 노력한다. 이런 과정을 거듭하다 보면 이내 글맛이 느껴진다.

글을 읽었을 때 지루하지 않고 영화나 드라마를 보듯 집중한다고 느끼면 성공한 것이다.

짧고 간결하며 주제와 일맥상통하게 쓴다.

글쓰기처럼 자신의 가치를 높이는 일은 없다.

또한 거창하고 심오한 사상의 내용도 없다.

그저 사사롭고 일상적인 내용, 잔잔한 사유와 일반적 정서가 있을 뿐이다.

일상의 시시콜콜한 것이지만 때론 새롭고 낯섦으로 풀어내고자 했다.

자신의 내면을 들춰내어 있는 그대로의 나와 우리 삶 곳곳의 모든 것들을 표현하려 했다.

생동하는 삶의 모습과 그것을 바라보는 취향과 의식, 다양한 주제의 창으로 보려 했다.

나의 글에는 사랑과 자연, 시사적이고 본질적인 것, 마음과 감정, 시각과 느낌들, 사람과 관계의 문제, 돌아보기와 바라보기, 세상의 부조리에 대한 것 등을 한 인간이자 한 구성원으로 바라보고 느끼고 깨닫는 통합적인 감각으로 넓은 소재들을 다루고자 했다.

그래야만 지금의 나에서 확대 재생산할 수 있는 영역의 확장과 시선의 높이로 나아갈 수 있다고 생각한다.

그 어떤 제약이나 틀에서 벗어난 자유로운 나만의 형식만 있을 뿐이다.

끝으로 글을 쓰며 경험한 것은 격한 부정적 감정이 엄습해 올 때, 그것에 대해 써보기를 권한다.

심호흡과 함께 차분하게 자리에 앉아 느끼는 감정이 어떤 것인지를 적어 보는 것이다.

그러한 감정으로 인해 자신에게 주는 부정적 영향이 무엇인지 원인을 찾아 서술해 보면 더욱 좋다.

나 역시 힘들었던 시절 경험을 했던 방법이다.

그렇게 마음의 평화와 글이 주는 향기를 느끼며 8년 동안 글을 썼고 치유가 되었으며 성장할 수 있었고 성찰할 수 있었다.

여러분도 글쓰기가 주는 치유와 성찰의 경험을 느껴보기 바란다.

매일 책을 읽고 매일 글을 쓰고 난 뒤 자신에게 어떤 일이 일어나는지 궁금하다면 펜을 들기를 바란다.

마음 한 켠 쓸쓸하고 외로운 겨울의 끝자락 어느 모퉁이에서 우리 모두의 따뜻한 봄을 기약하며.

건강과 행복 즐거움과
미소를 전하는 마법사 김유영

---

* 작가의 일러두기
'생각의 주석'이 달리지 않은 글은 독자만의 '생각의 주석'으로 채워 보세요.
비록 자신의 글은 아니지만 누군가의 글에 본인의 생각을 더하다 보면, 다양한
글로 생각의 영역 확장이 된답니다. 어렵지 않은 글을 읽고 난 후 곰곰이 자신
의 생각의 깊이와 느낌을 적다보면, 어느새 글쓰기에 푹 빠져 있는 당신의 모
습을 만날 수 있을 겁니다.

2부 ∘ 배 움

3부 ◦ 인연

1 부

삶

◆ 끊임없는 노력의 삶

　인생의 의미를 볼 때 두 번의 삶이 없는 우리는 무엇을 위해 사는지, 어떤 삶을 살고자 하는지 끊임없이 생각해야 한다.

　그리고 가치 있는 삶과 행복한 삶을 살기 위해 자아 성찰을 해야 하고, 주변의 삶도 바라보고 챙기며 함께 하는 삶을 살아갈 때 비로소 행복한 삶의 의미를 알 수 있을 것이라 생각한다.

　우리는 저마다 세상 살아가는 방법을 알고 있다.

　어떻게 하면 부자가 되고, 어떻게 하면 인생에서 성공할 수 있는지에 대한 정답도 이미 잘 알고 있다.

　우리 모두는 무엇이 옳고 무엇이 그른지, 더 나아가 무엇이 중요하고 무엇이 덜 중요한지 너무도 잘 알고 있다.

그런데 우리는 알고 있는 사고와 견해에 대해 자꾸만 확인하려 한다.

우리가 지니고 있는 본능 가운데 하나이기도 한, 내 생각이 과연 옳은지, 바른 방향으로 가고는 있는지 확인하고 싶어 한다는 것이다.

누군가의 소리, 글, 행동 등을 통해서 말이다.

결국 우리는 그렇게 때때로 동기부여를 끊임없이 받으려 하는 습성을 지닌 존재들인지도 모르겠다.

무엇으로부터...

무언가를 위해...

어떤 것도 그냥 얻어지는 것이 없기에 부단히 공부하고 노력해야 하는 이유인 것이다.

생각의 주석

행복한 삶을 살기 위해 사는 우리.

그러기 위해서는 행복해지기 위한 습관을 몸과 정신에 습관화해 각인시켜야 한다.

잘 먹고, 잘 자고, 잘 쉬고 건강을 챙기며 살게 되면 그 다음 매사에 감사하게 되고, 그런 생각과 정신이 긍정적 시각으로 어느 순간 자리 잡게 된다.

나는 한때 환경 탓, 부모 탓, 사회와 세상 탓을 하며 주어진 환경을 받아들이기 힘들어 방황도 했었다.

부모가 미웠고, 환경이 원망스러웠으며, 사람을 시기하며 질투했었고, 세상을 경멸했었다.

그런 생각으로 살면 살수록 불행한 것은 언제나 나 자신이었다.

나 자신이 불행하니 나의 주변도 불행하게 만들었다.

행복엔 지름길이 있다.

명심해야 할 것은 스스로를 변화시키면 주변이 변화

되고, 세상도 변한다는 사실이다.

그 뒤 사는 것이 즐겁고 기쁘게 되어 살맛나는 삶을 살 수가 있게 된다.

건강을 생각하면 감사하는 마음가짐이 일어 긍정적 시각도 자리 잡고 통제가능한 행복의 삶을 살아갈 수 있게 된다.

지금 이 시간 이후 불행과 행복을 통제 가능하도록 해보자. 그것만이 지름길이다.

◆ 숨, 쉼, 삶

　숨차게 달려가야만 하는 우리네 삶에서 숨조차 쉴 수 없는 인생이 이어진다면 결국엔 숨이 멎을 수 있다.

　숨을 쉬며 쉼의 시간을 갖고 삶을 살아가는 것이 인생이다.

　숨과 쉼 그리고 삶으로 이어지는 이 세 가지만 제대로 습득하여 터득해서 살아간다면 그나마 숨 쉴 틈 없는 삶에서 조금은 살만한 여유의 힘을 갖지 않을까 싶다.

　숨 쉬는 것에는 호흡과 명상, 참선과 요가 그리고 스트레칭 등의 다양한 방법이 있다.

　호흡만으로도 쉼을 할 수 있다는 뜻이다.

　숨과 함께 몸과 마음 그리고 정신에도 쉼의 시간을 주어야 한다.

그렇지만 우리는 쉼의 시간에도 휴대폰 삼매경과 바쁘게 이리저리, 이것저것 다음과 내일의 할 일을 생각하고 움직이기 때문에 진정한 휴식이 될 수 없는 것이다.

근심과 걱정으로부터 한숨을 돌리는 이유가 쉼은 살아 있음을 말하는 것이다.

그저 노는 것이 아닌 지쳐있는 몸과 마음, 정신을 원래대로 복원시키는 치유의 행위다.

우리가 인생이 짧다고 느끼는 이유가 쉼의 진정함을 모르고 살기 때문이다.

쉼이 있는 삶은 여유롭고 길기 때문에 인생이 길게 느껴진다.

그렇게 잘 쉬면 사람과 세상도 귀하게 여기게 되고 소중하게 살아가려는 마음이 작동하여 여유와 희망의 삶을 살 수 있게 된다.

혹시 나와 주변 사람들의 모습에서 지쳐있는 모습을 발견하면 진정한 쉼의 시간을 가져보라 권했으면 한다.

살아 있음의 진정한 맛인 숨, 쉼, 삶의 이어짐을 느끼며 살아가는 인생이길 바라며.

생각의 주석

....

 평소 명상을 하는 나에게 호흡만큼 중요한 게 있을까 싶다.

 심호흡을 잘하고 꾸준하게 습관화만 되어도 오장육부가 건강해진다.

 호흡은 생명과 직결된 가장 기본적인 요소다.

 정신없이 바쁘게 사는 우리네 일상을 보고 숨 쉴 틈 없이 바쁘게 산다고들 한다.

 하지만 진짜 숨 쉴 틈 없이 살면 죽는다.

 제대로 숨을 쉬고, 잘 숨을 쉬어야 온몸이 건강해지고, 생활도 건강해진다.

 사람이 불안해지면 가장 먼저 호흡이 거칠어지고, 호흡이 불규칙하면 몸의 기능에도 이상이 생긴다.

 불안, 긴장, 초조한 상태로 오랜 시간 있다 보면 위장 상태도 나빠지고 배설에도 문제가 생긴다.

 이럴 때 의식적으로 크게 심호흡을 하는 것만으로도

불안감을 줄이고 마음을 가라앉힐 수 있다.

만일 여러 가지 잡생각이 들면 그것들과 싸우거나 억지로 내보내려고 하지 말고 그저 숨 쉬는 것에만 집중해보자.

자꾸 연습하다 보면 어느 순간 돈 걱정, 일 걱정, 집안 걱정 등 일상적으로 부딪히는 자잘한 고민들이 사라지는 걸 경험하게 될 것이다.

이러한 효과 때문에 최근에는 일부러 단전호흡을 배우는 사람들도 많다.

단전호흡이나 명상, 요가 등은 모두 일종의 정신 수련으로써, 마음속에 깃들어 있는 불안, 두려움, 욕망, 걱정 등을 내보내는 데 아주 효과적이다.

호흡하는 데는 정해진 장소나 시간이 따로 필요치 않다.

목욕을 하면서, 걸어가면서, 일하다가 잠시 쉬면서

그저 호흡하는 것에 집중하면 된다.

공원 벤치에 앉아서 맑은 공기를 마시며 5분 정도 호흡에 집중하기만 해도 충분하다.

시간의 흐름을 잊고 오직 자신의 몸속 에너지 흐름만 생각하면 된다.

맑은 공기가 자기 몸을 돌고 있다는 사실에 가만히 집중하면서 말이다.

잠에서 깨어나 하루를 시작할 때 의식적으로 호흡을 느끼면서 오늘 하루도 즐겁고 긍정적인 마음으로 생활하자고 다짐해 보자.

이렇게 생활하는 틈틈이 의식적으로 자신의 호흡을 느껴보자.

또 마음이 불안정할 때는 크게 심호흡을 하면서 걱정거리들을 털어내자.

그것만으로도 점차 편안하고 당당해지는 자신을 발견

할 수 있게 된다.

그 조화 속에서 일상을 산다면 조금은 여유가 묻어나는 삶을 살 수 있지 않을까.

숨 쉴 틈의 호흡은 내 몸과 마음 그리고 정신의 조화다.

또한 우리는 가득 찬 것보다는 어딘가 조금 비어 있는 구석이 있어야 왠지 마음이 편해짐을 느낀다.

하늘 위의 구름도 하늘을 다 덮으려 하지 않는다.

겨울이 되면 나무는 하늘을 가리고 있던 자신의 잎을 털어내어 하늘을 볼 수 있도록 하늘 길을 터준다. 우리네 인생은 달리기만 할 수는 없다.

때로는 멈춰 서서 쉼의 시간과 함께 심호흡으로 재충전의 시간을 가져야 한다.

달려온 길과 앞으로 달려가야 할 길의 중심에서 몸과 마음 그리고 정신을 다잡아야 지치지 않고 더 나아갈 수 있게 된다.

쉼과 숨 고르기는 결코 중단하거나 포기하는 것이 아니라 보다 가치 있게 앞으로 나아갈 길을 대비하는 자기 성찰이다.

한 철 제 할 일을 다 한 뒤 제 한 몸 떨구어 미련 없이 떠나는 나뭇잎이 있기에 나무는 자신의 의무를 다할 수 있는 것이다.

구름도 그 자리를 고집하지 않고 유유히 흘러가기에 우리 눈 앞에 아름답게 비쳐지는 것이다.

가득이 아닌 조금 덜 채우는 여유로움과 넉넉한 마음의 빈터를 남겨둘 수 있는 여지의 삶이, 퍽퍽한 우리네 삶에 편안한 쉼과 여유로운 마음의 공간이 되어 줄 것이다.

가지면 가질수록 더욱 많은 것을 가지려 애쓰고, 얻으면 얻을수록 더욱 많은 것을 얻으려 안간힘을 쓰며 사는 지금의 우리다.

그런 일상에서 있는 그대로의 자연을 접할 때마다 '지나친 넘침'을 모르고 과욕과 탐욕의 삶을 쫓으며 사는 한 인간으로서 부끄럽고 창피하지 않을 수 없음을 다시 한 번 느낀다.

　자연을 바라보고 두 다리를 움직이며 쉼과 숨 고르기의 성찰로 나를 돌아보고 오늘을 돌아본다.

◆ 마음 안 쉼의 공간

마음의 작은 쉼터 같은 곳이 있었으면.

차 한 잔 그리우면 떠오르는 곳이 있었으면.

문득 마음이 울적하여 쉼의 위로를 받고 싶어 찾아가는 곳이 있었으면.

그리운 마음으로 찾아가면 미소 지움으로 반겨주는 곳이 있었으면.

포근하고 아늑하여 정겨운 이야기를 나눌 수 있는 곳이 있었으면.

굳이 아무 말하지 않아도 내 맘 알아 고개 끄덕이며 잔잔한 웃음을 지어주는 곳이 있었으면.

비 오는 날 흠뻑 젖은 채로 찾아가도 행여 마음의 상처가 생길까 우산이 되어주는 곳이 있었으면.

스산한 바람이 불어 외로움에 찾아가면 따뜻한 포옹으로 안아주는 곳이 있었으면.

언제나 내 맘이 쉬어갈 수 있는 작은 쉼터 같은 곳이 있었으면 좋겠다.

한 해 부딪히고 넘어지며 다시 일어서 여기까지 잘 견뎌내어 온 마음을 쉬어갈 수 있게 나의 마음 한 곳이 따뜻한 여유의 쉼터가 되어 시린 몸과 마음을 녹일 수 있는 곳이었으면 한다.

나의 마음 안이 그런 곳이어서 늘 오갈 수 있고, 쉼할 수 있게 작은 여유의 공간 하나 만들어 놓으려 한다.

언제든지 와서 쉼하고 가기를.

생각의 주석

피로 증후군으로 파생되는 케렌시아는 스트레스나 피로를 풀고 안정을 취할 수 있는 공간이나 그러한 공간을 찾는 경향을 말한다.

우리는 어떤 이유로 몸과 마음이 지쳤을 때 휴식을 취할 수 있는 나만의 무엇을 찾는다.

타인에게 방해받지 않고 지친 심신을 달래고 재충전할 수 있는 자신만의 공간이 필요한 것이다.

그런 공간과 경향은 아지트 카페, 버스의 구석 자리, 해외여행, 음악회, 공연장, 등산, 낚시, 클럽, 노래방, PC방 등 사람마다 다양하다.

또한 집안이나 사무실을 자신만의 휴식처로 꾸미고 만드는 것도 일종의 케렌시아에 해당한다.

케렌시아는 심리적 안정을 얻고 심리적 위안을 받고자 하는 경향인 것이다.

케렌시아는 투우 경기에서 투우사와 소가 마지막 싸

움 중간 잠시 숨을 고르는 사이, 소는 케렌시아 영역 안에서 숨을 고른다. 그 영역 안에서 투우사는 공격을 해서는 안 된다.

케렌시아는 스페인어로는 애정, 애착, 귀소본능, 안식처 등을 뜻하는 말이다.

현실에서 보자면 무엇 때문에 무엇이 그렇게 힘들어 안식처를 찾는지 원인 파악도 필요하리라 본다.

스스로의 마음에서 자생력과 복원력을 기대하는 것은 무리인지, 도피나 회피심리가 깔려 있지는 않은지 말이다.

유독 도시인들에게만 나타나는 것에는 이유가 있을 것이다.

그럼에도 불구하고 그렇게라도 해서 심리적 안정과 위안을 얻을 수 있다는 것이 다행이지 싶기도 하다.

끝으로 자신의 심신과 마음 상태 전반을 진단해 볼

필요도 있지 않을까? 하는 나름의 생각이 들기도 한다.

한편 쉼에는 몸과 마음, 정신의 쉼 등이 있다.

깊이 있는 풍미를 주는 차 한 잔의 쉼,

생각과 정신에 울림의 여운을 심어주는 책 한 권의 쉼,

마음의 안정을 조율해 주는 음악이 주는 쉼,

눈과 귀의 호사, 공연이 주는 쉼,

감각과 느낌, 상상력과 창의력을 자극하는 예술의 쉼,

비움의 홀가분한 맛과 멋이 있는 산과 바다의 자연이 주는 쉼 등 우리 주변에는 쉼을 할 수 있는 것들이 참 많다.

지금 나의 몸과 마음, 정신이 피로하거나 지쳐있다면 주변을 잘 살펴서 자신만의 쉼을 찾아 쉼하길 바란다.

쉼이란 한 발 더 나아갈 힘과 에너지 그리고 여유로움의 마음과 긍정의 희망을 가지게 하는 원동력이 될 것이다.

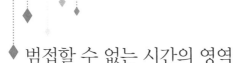

범접할 수 없는 시간의 영역

과거, 현재, 미래 그리고 영원.

영원의 시간은 짧은 시간일까? 긴 시간일까? 있기나 한 것일까? 만약 영원의 시간이 존재한다면 타임머신의 시간이거나 블랙홀 속 시간이겠지.

인간은 보지도, 느낄 수도, 손댈 수도 없는 불가사의 한 영역일 뿐이다.

이러한 시간 속에서 인간의 시간이란 한잠 자고 일어나는 시간도 안 될 뿐더러 눈 깜빡이는 찰나의 시간 정도만이라도 된다면 고마워해야 할 것이다.

우리가 누릴 수 있는 것은 단지 오늘 이 시간뿐이다.

세월의 시간 속 오늘을 숨 쉴 수 있고 느낄 수 있음에 소중함의 고마운 마음을 전하며.

생각의 주석

누군가의 말처럼 한때 삶의 스승이 책이라고 생각했었는데 살아보니 시간도 있었다.

말없이 침묵으로 나를 가르친 것은 흐르는 시간이었다.

사소한 오해로 등을 돌려 원수가 된 일, 당시에는 풀리지 않고 답답하고 암담했던 일들과 이별과 헤어짐의 아픔도, 몸과 마음의 상처도, 현실 속의 버거움과 먹먹함도, 시간의 흐름 속에 맡겨 두어야만 했던 이해하기 어려운 것들도 시간을 통해서 깨닫게 되었다.

그렇게 흐르는 시간을 통해서 삶의 정답이 아닌 해답을 찾아가고 있었다.

되돌아보니 나에게 시간이라는 훌륭한 스승이 있었기 때문이다.

어제의 시간과 오늘의 시간 그리고 내일의 시간도 살아 있는 한 스승이 되어줄 것이다.

한치 앞을 볼 수 없고 보지 못하는 우리는 지금 이 순
간 이후도 어찌 보면 우리에게 남은 시간이란 존재하지
않는 것일 수도 있다.

　그럼에도 우리는 시간이 많은 것처럼 착각하며 시간
과 세월을 낭비하며 산다.

　단 한 시간도 가벼이 허비해선 안 되는 것이 시간과
세월인데 말이다.

　어쩌면 우리에게 시간은 두렵고 잔혹한 것일지도 모
른다.

　시간이 조금이라도 흐른 뒤 돌이켜보면 미련과 통한
만 남는 것을 보면 말이다.

　지금부터라도 시간을 잘 활용해서 아낌없이 사랑하는
삶을 살길 바라며, 후회와 아쉬움 없는 그런 삶을 염두
에 두고 살았으면 한다.

　내일의 일을 모르는 우리에게 내일은 없고 지금 이

순간만이 존재하며 그것이 삶이자 인생이다.

흘러간 시간들이 무엇을 의미하는지 보이지 않고, 보이는 것의 상처들이 무엇을 해야 할지 몰라 헤매는 어리석음으로 어울려 산다는 것을 생각해 보면 흘러간 세월의 연속이 아니던가.

그 속엔

기쁨과 슬픔도 있었다.

불행과 행복도 있었다.

사랑과 이별도 있었다.

절망과 희망도 있었다.

죽고 싶었으나, 살고도 싶었다.

산다는 건 지금도 앞으로도 이 모든 것들과 동행하는 것이리라.

그 속에 우리가 찾는 그것들이 있다는 것을.

당신 곁에 있는, 당신이 찾는 그 무엇이.

그렇게 주어진 생명의 시간이 얼마인지 예약을 하고 온 것이 아닌 우리는, 그저 태초의 본능인 태어나 먹고 살고 종족만을 남긴 채 소멸하는 허망한 삶이 아닌, 그 이상의 본능을 넘는 인간적 삶의 의미가 필요하다.

　그러기 위해선 우리에게 주어진 시간의 의미를 깊이 이해하는 것이 중요하다.

　시간과 공간의 교차점인 오늘은 지금 뿐이다.

　그 누구도 예외 없이.

　이 얼마나 귀중한 시간인가?

　그래서 이 귀중한 시간을 우리가 열심히 진지하게 살아야 하는 이유인 것이다.

　그런 우리는 한없는 아쉬움과 집착의 어리석음에서 벗어나야 한다.

　그렇지 않고서는 지금 향유하고 있는 시간들마저도 후회만 남는 쓸모없는 과거의 파편으로 쌓이기 때문이다.

그래야만 비로소 지금 이 순간 더 값지고 의미 있는 삶을 살 수 있을 테니.

과거에선 지혜를 얻을 수 있다.

우리는 과거를 반면교사 삼아 교훈을 얻고 시공간의 교차점인 지금 이 순간에 발을 내딛고 사는 존재임을 늘 기억해야 한다.

오늘은 우리의 현재가 아니다. 바로 이 순간이 지금이고 현재다.

바로 이 순간에 얼마나 자의식을 가지고 깨어 있는 존재로 살아가는가 하는 것이 바로 인생의 의미와 보람을 좌우할 것이다.

본능의 삶을 초월하여 인간다운 모습으로 지금 이 순간을 열심히 산다는 것이 가장 귀한 자랑거리가 될 것이다. 단지 우리는 깨어있는 자아를 소유한 존재로서 지금 이 순간을 진지하고 깊이 있게 열정적으로 살아가야 한다.

　늘 감사하는 마음으로.

　지금 이 순간을 진지하게 살아가는 우리이길 바라며.

◆ 청빈의 삶

아주 오래전부터 가진 것 하나 없는 몸이었지만 그럼에도 청빈낙도清貧落島의 삶을 살고자 했다.

부는 허망이고, 청빈은 맑고 깨끗함이라!

몸과 마음 그리고 정신까지 자연과 더불어 비록 살림이 구차하고 넉넉지 않아도 그 속에서 좋은 일과 즐거움을 찾아서 살고자 했다.

이런 말이 있다.

'빈곤이 서러울 땐 마음이 어두우나

청빈이 공경되면 마음이 빛나네.'

청빈의 삶은 청결한 성정으로 욕망과 아집을 제어하며 사는 최소한의 간소한 삶이다.

욕심 없이 베풀고 나누면 세상사 걱정이 없으련만.

생각의 주석

　살아가다 어느 때가 되면 마음에 찌든 때와 묵은 때가 내 마음 곳곳에 똬리를 틀고 언제 어느 때 튀어 나갈지 기회만을 엿보고 있다.

　그런 마음속 곳곳에 붙어서 쌓여 있는 것들을 잘 떼어내 버려야 남은 한 해의 끝자락에서 유종의 미로 마무리를 할 수 있게 된다.

　욕심과 탐욕도 버리고,

　성냄과 화냄도 버리고,

　시기와 질투도 버리고,

　잘난 척과 있는 척도 버리고,

　성급함과 조급함도 버리고,

　나태함과 게으름도 버리고,

　명성과 명예심도 버리고,

　인간의 마음속엔 버릴 것이 참 많다.

　마음 비우기란 여간해선 쉽지가 않다.

그 이유는 무엇일까?

그 마음이 무엇인지?

어디에 있는지?

무엇으로 채워졌고, 어떻게 생겼는지?

크기는 얼마만 한지 전혀 모르고 있기 때문이다.

명상을 하며 마음 비우기에 들어 비우자 비우자 해도 집중도 안 될 뿐더러 온갖 잡생각만 드는 것이 사실이다.

그래서 나는 마음을 비운다는 것은 욕심을 갖지 않는 것 그리고 사랑으로 채우는 것이리라 생각한다.

채우지 않으니 비울게 없고 사랑으로 채워졌으니 욕심 또한 없으리라.

그렇지만 인간은 늘 욕심과 비움의 경계선을 넘나들며 살고 있다.

욕심은 끊임없이 욕망하고 갈망하기 때문에 늘 비우기를 게을리 하지 않아야 하는 이유다.

오늘도 욕심 한 덩이 비우며 그 자리에 사랑을 채워
나가는 우리가 되길.

◆ 마음이 이럴 때면

어려움에 봉착할 때 극복할 수 있는 지혜를,
지쳐 쓰러질 마음에 활기찬 기운을,
억울하고 분한 마음이 들 때 차분한 인내심을,
옹졸함이 자리할 때 넓고 깊은 아량을,
자포자기의 마음에 포기하지 않는 끈기와 집념을,
외로움과 고독함에 견뎌낼 수 있는 따뜻한 손길을,
슬픔과 우울함을 떨쳐낼 수 있는 기쁨의 즐거움을,
내 마음속 자생력으로 일게 하고 불어 넣길,
마음과 정신에 알람해 놓는다.

생각의 주석

우울하고,

슬퍼하고,

아파하고,

미워하고,

분노하고,

기뻐하고,

즐거워하고,

행복해하고,

사랑하고,

변심과 변덕이 죽 끓듯 하여 종잡을 수가 없다.

이런 마음이란 놈을 제어하고 통제한다는 것은 여간 한 일이 아닐 수 없다.

자생 능력 또한 얼마나 뛰어난지 사라지고 없어졌다 싶다가도 부지불식간에 불쑥불쑥 튀어 나와 고통과 아픔을 동반한다.

여기서 우리가 알아야 할 것은 이 모든 것을 내가 만든다는 것이다.

'빛이 있는 곳이면 어둠은 따라 다닌다.'

'마음은 자신이 만든 뱀에게 물려 그 독으로 인해 고통받는다.'

이 사실만 알고 있다면 그 고통 속에서 어느 정도는 벗어날 수 있을 것이다.

그런 변덕의 마음에 긍정과 희망의 마법 주문을 걸어 두자.

◆ 뒤늦은 후회의 생각들

그때 침착했더라면.

그때 참았더라면.

그때 눈물을 닦아줬더라면.

그때 용서했더라면.

그때 조금 더 열심히 노력했더라면.

그때 붙잡았더라면.

그때 미리 알았더라면.

그때 함께 했더라면.

그때 용서했더라면.

그때 신중했더라면.

그때 사랑한다 말했더라면.

그때 안아주었더라면.

그때 미안하다 했더라면.

그때 시작했더라면.

시간이 지나면 지금이 바로 그때가 된다.

지금도 그렇게 보내면서 자꾸 '그때'만을 찾는 우
리다.

생각의 주석

　꿈 많았던 아이에서 꿈을 찾고 만나기 위해 애쓰며 지나온 젊음의 시기.

　그렇지만 현실의 괴물은 꿈 꿀 시간과 생각조차 집어삼켜버렸다.

　어느새 꿈은 과거의 기억 속 생각에 머물러 있고 꿈을 잃어버린 채 살아왔다.

　그리고 나이만 들어버렸다.

　무엇을 하며 살았는지?

　무엇을 위해 살았는지?

　무엇을 위해 사는 건지?

　돌아서면 눈물만 흐를 뿐이다.

　이제 순수했던 그때 마음속의 꿈을 과거의 기억 속에만 두지 말고 지금부터라도 해야만 하는,

　할 수 있는 것이 있다면 시도해 보았으면.

　다시 한 번 후회하지 않으려면.

기쁨의 눈물 맛을 보았으면.

더는 늦기 전에.

후회 없는 인생을 살았으면 좋겠다.

언제나 그대를 믿고 응원할 테니.

또한 살면서 많은 이들에게 고마움과 감사함 그리고 사랑을 주었다면 그것으로 족하다.

그러나 때론 고마움과 감사함 그리고 사랑을 받기도 하는 우리다.

누군가로부터 미소 띤 얼굴과 함께 전해지는 인사나 알게 모르게 받았던 도움들 뒤에 고마움과 감사함을 느꼈지만 표현하지 못하고 지나치진 않았는지.

고의는 아니었지만 나로 인해 오해와 실수, 잘못으로 인해 소원해진 사람이나 관계에 용서와 화해의 손길을 먼저 보냈더라면 하는 후회의 마음이 들진 않았는지.

되돌릴 수 없는 시간과 사람들, 나누었던 이야기와

추억들 속에서 고마움과 감사함, 미안함과 용서와 화해의 손길 그리고 사랑한다는 표현을 하지 않아 얼마나 많은 것을 잃고 사는지 지금부터라도 뒤늦은 후회는 하지 않기로 하자.

표현하지 않은 삶엔 안타까움이라는 미련만 남고, 표현할 줄 아는 삶엔 북과 종의 깊은 울림처럼 진한 감동이 남는다.

◆ 헤아림의 마음 씀씀이

우리는 늘 미안해하며 산다.

나만 생각해서,

잘해주지 못해서,

챙겨주지 못해서,

함부로 대한 것 같아,

속마음을 들어주지 못해서,

아픔을 나누지 못해서,

살갑게 대하지 못해서,

자주 찾지 못해서,

외면한 것 같아서,

함께하지 못해서...

그리고 바쁘다는 핑계와 이유로 미안해하며 산다.

생각의 주석

어느 누구에게나 산다는 것은 쉽지가 않다.

때로는 왜 나만 이런 일을 당해야 하는 거냐고 자신을 향해 탄식했던 밤들은 누구에게나 있을 것이다.

그렇지만 지금 서 있는 자리에서 잠시 뒤를 돌아보라.

지금껏 당신은 잘 이겨내고 여기까지 왔다.

오고 가는 사람을 보면서 남들은 걱정 하나 없이 사는 것 같아 부러울 때도 있었을 것이다.

남의 집을 쳐다보며 웃음소리가 들려올 때면 그 따스함을 시기하고 질투할 수도 있었을 것이다.

그런 뒤 세월이 지나고 나면 당신은 웃으며 이렇게 말할 것이다.

그때는 그랬지... 그랬어...

사람들은 누구 할 것 없이 저마다의 힘겨운 일상 속 고뇌를 안고 살아간다.

나도 그랬듯이 말이다.

다만 아쉬움이 있다면 내 고통과 아픔이 너무 커 보여 다른 이의 상처를 볼 수 없는 헤아림의 배려를 생각하지 못하는 것이 안타까울 뿐이다.

그렇게 세월이 흐르고, 한 살 한 살 나이를 먹어가며 조금씩 변화하는 자신의 모습도 본다.

그 순간, 젊은 날이 그리워지고 시간을 되돌리고 싶다는 생각을 하게 된다.

그러나 조금만 생각을 바꾸면, 살아온 동안 소중한 추억들이 쌓였고 세월이 흐르는 동안 연륜이 쌓여 문제를 해결하는 지혜가 생겨났으며 또 다른 가족이 생겼고 조금은 여유도 생겼다.

살아왔다는 건 그만큼 좋은 일도 많이 생겼다는 것이다.

그런 세월의 연륜이 쌓여 갈 때 비로소 인생의 진정한 아름다움을 알 수 있다.

힘겹고 버거운 삶이지만 그 속에서 여유롭게 즐기면서 살아가면 마음도 편안해진다.

◆ 나를 바라보고 돌아보기

　세상에 태어나 살아온 우리는 어느 순간 너무나 변해버린 자신을 발견한다.

　아이에서 어른이 되기까지 실망의 모습도, 멋진 모습도 보게 된다.

　오 년 전, 십 년 전 하물며 수십 년 전의 나는 너무나 변했다는 사실을 지금 목격한다.

　어떤 모임에서 자기소개를 할 때가 있다.

　'나는 어떤 사람이고 이런 사람입니다'라고 소개를 하면 문득 변해 있는 나를 타인에게 비친 모습에서 발견하곤 깜짝 놀란다.

　변해버린 모습이 좋은 모습일 수도, 나쁜 모습일 수도 있다.

내가 나를 객관적으로 평가하기란 쉽지가 않다.

지금도 우리는 매 순간 변하고 있기 때문이다.

그래서 우리는 성찰의 시간을 가져야 한다.

탐탁지 않은 나의 모습을 발견할 수도 있을 것이며, 창피하고 부끄러워 어디론가 숨어버리고 싶기도 할 것이다.

그렇다고 자책할 필요는 없다.

그 모습은 너무나 자연스러운 것이고 누구나 다 그럴 수 있으니 크게 괘념치 않아도 된다.

다만 그것을 알고 난 뒤 성찰의 시간을 가져 자신을 바로 아는 것이 중요하다.

내가 바라보고 생각하는 자신의 모습과 타인에 비친 나의 모습을 성찰의 계기로 삼아 잘 가꾸어 나간다면 지금보다 나은 나를 만날 수 있을 것이다.

자신을 바라보고 돌아보지 않으면 좋은 모습으로 변화된 나는 영영 만날 수 없다.

생각의 주석

나에겐 오래된 별명이 하나 있다.

김선비.

어떤 환경적, 상황적 변화에 직면하면서 교육적 혜택을 받지 못해서 스스로를 챙겨야 했었고 올바르게 살고자 했었던 마음가짐이 입과 몸 밖으로 자연스럽게 나오면서 행실이 바르다는 얘기가 김선비로 이어진 것이다.

어느 시대나 천태만상의 인간 군상이 존재하는 현실에서 그저 과분한 별명에 나름의 줏대를 가지고 살려 했다.

부족한 것을 채우고 배워서 더 성숙하게 살아가는 것이 내 나름의 선비 정신이었다.

과거의 학식이 있고, 행동과 예절 또한 바르고, 의리와 원칙을 지키며, 관직과 재물을 탐하지 않는 고결한 인품을 지녔을 뿐만 아니라 용기와 기백, 정의감도 지닌 선비는 아니더라도 지금의 시대에 맞는 선비 정신은 지니고 살도록 넓은 마음과 깊은 생각을 가다듬고 살아가야 하겠다.

행실은 예와 의를 알고 살아가면 자연스럽게 드러나게 되어 있다.

바로 나를 바라보고 돌아보는 이유기도 하다.

그런 가운데 성찰은 지나온 나를 살피고 반성하는 가운데 지금의 나를 돌아보는 일이다.

그러기 위해선 자신에게 쓴소리를 즐겨야 한다.

나는 자신에 대한 성찰을 하고 있는지 아니면 하루하루 힘들고 바쁘게 살아가면서 자기 안위와 위로 속에 살지는 않는지.

나는 스스로에게 명령하는 사람인지, 복종하는 사람인지.

성찰을 위해선 자신에게 쓴소리를 해야 한다.

우리의 짧은 인생과 삶에서 중요한 것은 어제의 나 자신은 불태우는 나였는지를 묻고 답하는 삶이어야 한다.

　나라는 자신은 인간 전체를 볼 수 없을 뿐더러 나를 돌아보기 위해선 나 자신이 객체면서 전체가 아닌 관객이어야 한다.

　삶을 살아가는 분별력은 물론 좋은 답과 나쁜 답에서 늘 진지하게 삶을 갈구해야 함은 당연지사다. 성찰하는 인간은 절대 후회하는 삶을 살지 않는다.

　성찰하는 사람은 오늘도, 내일도 그런 삶을 통해 비로소 인간으로서 사람으로서 진정으로 태어나고 거듭 날 것이다.

◆ 자기 응시의 시선

당신은 스스로를 어떻게 생각하는가?

누군가 당신에게 이렇게 묻는다면 애써 회피하지는 않는가?

타인을 입에 올려 씹기는 했지만 자신을 질근질근 씹어 본 적은 없을 것이다.

여기서 중요한 것은 나 자신을 냉철하게 씹어봐야 스스로가 어떤 사람인지를 알게 된다는 사실이다.

그렇게 해보질 않으면 항상 나를 정당화시키려 들 것이다.

다른 사람들에게 자신이 훌륭한 사람으로 평가 받기를 원할 것이다.

그러기 전에 나는 어떻게 살아왔는지, 얼마나 진실하

게 살아왔는지를 가슴을 열고 냉정하게 응시해 보아야
한다.

　그러고 나면 마음이 숙연해지면서 어떻게 살아야 할
지를 다시 한 번 생각하게 해줄 것이다.

　자기 응시는 살아 있음의 증표다.

　촛불이 제 역할을 다해 소멸하듯 진실하게 살아야
한다.

　그것이 내가 살아온 삶의 평가지표가 될 테니.

생각의 주석

흠잡을 데 없는 사람이 세상에 있을까 싶다.

우리는 어떤 이유와 사유로 인해 흠을 지니고 있다.

다만 나의 흠은 잘 보지 못하고, 타인의 흠은 미워하고 싫어하는 사람일수록 잘 찾아낸다.

그런 자신도 흠이 많은 사람임을 망각하고 사는 것이다.

모든 갈등의 시작은 자기 흠은 작게 보고 상대의 흠은 크게 볼 때 자주 발생한다.

주변에는 유독 누군가를 욕하고 비난하고 흠을 잡으려고만 하는 사람들도 꽤 있다.

그 주변에는 함께 동조하는 사람도 있다.

성격이나 언행의 부족한 부분은 보완하며 살아가면 된다.

앞으로는 흠을 지적하기 보다는 감싸안아 줄 수 있는 대인배의 마음 그릇을 키워나갔으면 한다.

자신은 바르지 않고 타인의 흠만을 얘기한다면 자신
또한 그 누군가에게 흠의 대상이 될 수 있음을 경계해
야 한다.
　자신의 흠도 잘 돌아보는 지성인이 되었으면.

◆ 버스 창가의 추억

버스 창가에 앉으면 비치는 모습들이 있다.

기차의 창가 느낌과는 다른 모습들을 전해준다.

속도의 차이와 갈 수 있는 길의 차이가 있다.

기차는 빠른 속도로 지나치기에 가까운 곳보다는 먼 곳의 모습만을 담을 수 있다.

반면 버스는 도심과 외곽 발길 닿는 곳, 우리들 삶의 곳곳을 안내해 준다.

말 그대로 사람 사는 곳에는 버스가 운행한다.

그런 버스에서 특히 창가 쪽에 앉으면 주변의 모습을 그나마 눈에 넣을 수 있어 좋다.

분주히 움직이는 차와 그에 질세라 빠른 걸음으로 사라지는 사람들과 휘황찬란한 간판들과 마천루의 쭉 쭉 뻗은 빌딩 숲, 시장터의 북적임, 도심과는 다른 여유의 한갓진 외곽길, 관광객들로 북적이는 명소 등 버스는 덜컹거림으로 나름의 정겨움과 운치를 안겨다 준다.

그 속에 삶이 있고 숱한 인생의 사람들이 함께 살아가고 있는 것이다.

지금은 없어진 오래전 버스 토큰과 회수권의 추억 그리고 안내양의 "내리실 분 안 계시면 오라이~"의 정겹던 소리가 문득 그립기도 하다.

지금의 버스는 미래에 어떤 추억을 남겨 줄지 문득 궁금해진다.

동네 친구들과 어울려 다니며 해가 저물도록 이것저것 놀며 장난치던 순박한 유소년의 그때.

　그 시절엔 딱지치기, 비석치기, 구슬치기, 오징어가이상, 다방구, 숨바꼭질, 자치기, 땅따먹기, 말 타기, 얼음땡, 고무줄넘기, 공기놀이, 동딱지, 팽이치기 등 넉넉할 수 없었던 시절의 기억 한 켠을 자리잡은 즐겁고 신났던 추억들이 있었다.

　지금의 닌텐도나 플레이 스테이션, PC와 폰 게임은 상상도 못했던 그 시절.

　그나마 오락실 정도가 있었던가.

　그리고 아침 일찍 일어나 새마을 노랫소리에 쓰레기를 버리기 위해 줄을 섰던 기억.

　요즘 아이들처럼 영악하거나 능청맞지도 않았던 순수하고 순박한 그때.

　그 옛날 놀이와 함께 했던 꼬마들은 어디서 무얼 하

며 지낼까?

　잊히고 잊어버린 놀이들의 향수는 아롱아롱 그리움과
아련함을 피워 엷은 미소를 머금고 입가의 향기로 나타
난다.

◆ 많은 것을 배우고 깨우치게 해 준 삶

살아오면서, 살아가면서 느끼는 것은, 삶은 많은 것을 느끼게 해주었고, 배우게 해주었고, 가르쳐 주었다는 사실이다.

그런 삶에 이 시간을 빌어 무한한 고마움과 감사함을 전한다.

이전의 삶에서는 지치고, 힘들고, 고통스러웠고 인내의 삶을 살아오면서 자포자기의 심정도 있었다.

그런 상황에서 나는 어떻게 살아야 할까?

어떤 삶을 살아가야 하는지 스스로에게 묻고 답하였다.

또한 실전의 삶에서 얻어야 하는 삶의 지혜들과 버려야 하는 나쁜 것들을 온전히 스스로 생각하고 깨우치며 방법과 노하우를 터득해야 했다.

그렇게 삶은 힘든 고단함도 주었지만 더 많은 것들을 배우게 했고, 깨우치게 했으며, 살아가는 지혜의 방법들을 알려 주었다.

순탄한 삶이었다면 얻을 수 없는 것들을 얻게 해 준 삶이어서.

나이가 들어가면서 이해하고, 알게 되고 깨우치는 것들이 있음을 알려준 삶이어서.

힘들고 고단하고 버거웠던 만큼 더 큰 행복과 사랑을 주는 삶이어서.

하루하루 한 살 한 살 살아보니 그만큼 배울 수 있는 것이 많음을 깨닫게 해 준 삶이어서 좋다.

고맙고 감사하게 느껴지는 삶에게.

◆ 마음의 낭비를 하지 않기로

　우리 인간은 사고와 감정, 의지의 주체로 자유롭게 생각하고 말하며 살아가야 한다.

　철학자들의 '너 자신을 알라' '나는 생각한다. 고로 존재한다'처럼 심오한 뜻의 의미까지는 아니더라도 인간 행동의 기본적인 측면에서 인간의 주체성을 확립하고 살아야 하지 않을까.

　지위, 재산, 명성, 명품으로 치장하고 다니는 사람은 그렇다 하더라도 그런 허세와 허풍의 모습을 보며 부러워하고 대단하다고 생각하고 여기는 사람들 또한 그들과 다를 바 없음이다.

　결코 만족될 수 없는 것에 부러워하는 마음의 낭비를 하지 말기를.

자신의 내면에서 진정한 가치를 찾아야 함에도 불구하고 외부의 능력이나 힘으로 자신의 가치를 찾고 내보이는 모습을 볼 때면 인간적인 연민의 마음이 드는 것도 사실이다.

올바른 자아는 내재되어 있는 심리적 기구로 개인과 외부의 현실 사이를 중재하는 역할을 한다.

그 기능을 배우고, 사고하며, 추리하는 인지적 능력으로 발전시켜 인지적인 사람이 되도록 노력해야 한다.

인간은 경험한 방식을 각자 다른 방식으로 기억하기 때문에 자아실현의 방법 또한 다르고 다르게 나타난다.

보이는, 보여지는 화려함만을 보지 말고 내면에 있는 가치의 아름다움을 사랑의 마음으로 키워나갔으면 한다.

내면의 진정한 가치를 찾아가는 우리이길 바라며.

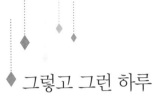

◆ 그렇고 그런 하루

　사심과 진실 뒤 본질을 왜곡하고 보지 못하는 차이들 속에서 사는 우리의 삶.

　나와 결부되지 않은 일이나 직업에 대한 잘못된 시선과 생각.

　같은 것을 보고 느끼고 대함에 있어 엄연히 존재하는 차이들.

　살아온 배경의 차이, 교육의 차이, 집안 문화의 차이, 시각의 차이, 의견 차이, 생각 차이, 받아들임의 차이 등 일 수도 있겠거니.

　일상 속에서도 그 어떤 말이나 행동이 선의지만 받아들이는 사람은 악의로 받아들이는 씁쓸함의 엄연한 현실에서, 그 말과 행동에는 사실과 진실보다 깊은 애정과 사랑이 있음을 모르는 어리석음들.

그것을 인지하지 못하는 안타까움 속에서 우리들은 매일 그것들과 부딪치며 오해와 갈등을 하고 싸움을 하는 비탄함 속 현실의 우리네 삶이거니.

아무리 청렴결백하고 바른 사람이라도 시기와 질투, 미움과 오해를 살 수 있는 미흡한 인간들의 삶 속에 나 또한 살아가고 있음을.

그리고 언제 어디서 누구를 만나고 대함에 있어 더욱 진실하게 노력하며 겸손과 돌아봄을 다짐할 수밖에.

정답이 없는 세상에서 나도 누군가에게 그렇게 비춰지고 느껴지고 그럴 수 있다는 것을 받아들이며.

오늘도 하루를 돌아보며 탄식하고 반성의 시간을 가진다.

아무리 바른 마음일지라도 칭찬도, 욕도 골고루 들을 수 있는 참 재미난 세상 속 우리네 삶이려니.

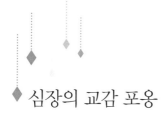

♦ 심장의 교감 포옹

포옹이라는 말은 불러만 보아도, 들어만 보아도 왠지 친근함과 포근함 그리고 따뜻함이 느껴지고 미소와 사랑이 전해진다.

포옹을 하면 좋은 점들이 참 많다.

얼굴을 파묻고 온몸을 밀착시키기도 하고, 등을 토닥이며 손을 목 뒤로 하고, 허리에 팔을 감고 상대방의 눈을 바라보며 응시하는 것에는 사랑하는 마음을 전하는 무언의 그것이 있다.

또한 더 좋은 것은 심리적 요인이 동반되기 때문에 정신 상태와 건강에도 좋다.

포옹을 하면 정서적 친밀감과 심리적 안정감을 주어 불안과 공포, 두려움이 완화될 뿐더러 혈압도 낮춰 심장에도 좋고 스트레스나 우울증에도 좋다.

포옹은 서로를 안아주는 행위다.

애정과 사랑의 표현이기도 하며, 승리의 만끽과 위로의 마음이기도 하다.

포옹은 파편화된 우리의 삶에 정신적 상처를 치유하고 평화로운 가정과 사회를 이루고자 노력하는 행위로도 사용된다.

백 마디 말보다 더 뜨겁고 진정성 있는 진심 어린 포옹을 자주 하자. 오늘 포근하게 감싸 안아주고 싶은 사람이 있다면 살며시 안아주고 심장의 뜨거움을 교감하며 체온을 느낄 수 있으면 좋겠다.

포옹은 그와 나의 심장의 교감이다.

◆ 삶을 돌아보는 시간

늘 바쁜 일상 속에서 나를 돌아 볼 겨를도 없이 숨 가쁘게 사는 우리의 현실이지만,

가끔 잠깐의 쉼의 시간을 내어 지금 나의 삶에서 과거의 나를 돌아보고, 현재의 나를 짚어도 보고, 미래의 나도 꿈꿔보며 아울러 주변의 사랑하는 이들의 삶도 체크해 볼 수 있는 그런 여유는 갖도록 하자.

한편으론 그런 계획도 세우고, 노력도 하며 후회하지 않는 나름의 멋진 인생을 꿈꾸는 우리지만,

인생은 누구도 모르는 것이기에 균형 잡힌 일상을 산다고 해도 어딘가 부족함을 느끼며 살아가는 현실에서 소중한 무엇인가를 잊고 살지는 않는지 삶의 의미와 목적 그리고 방향은 생각대로 잘 가고 있는지 살펴보는

시간도 가져보기로 하자.

나의 삶에서 가장 소중하게 생각하는 누군가가 나에 대해 이야기를 한다면 나는 과연 어떤 내용을 들을 수 있을까?

당신은 어떠한 삶을 원하는지?

어떠한 삶을 살고 있는지?

그리고 어떠한 삶을 살았는지?

나의 삶, 나의 인생을 들여다보기를.

◆ 사랑은 마음으로 보는 것

초등학교에 다니는 조카에게는 항상 분신과도 같은 '꽁꽁이'라는 원숭이 인형이 두 살 때부터 함께하고 있다.

어딜 가거나 밥을 먹거나 책을 볼 때도 늘 함께 한다.

둘이 이야기를 주거니 받거니 하는 것을 보면 여간한 애정도 느낀다.

조카가 5학년이니 자기 인생을 함께 한 것이다.

지금은 낡고 헐어 볼품도 없어졌지만 조카는 그 어느 값비싼 인형보다도 아낀다.

그 이유가 궁금해 물어보니 그냥, 마냥 좋단다.

그간 지켜봐 온 나로서는 아마도 이런 마음이지 않을까 싶다.

이제는 털도 빠지고 헐어버린 인형이지만, 관심을 주는 이도 없지만, 불쌍함과 애정의 연민이 느껴져 더 좋아하고 사랑하는 마음이 있는 것은 아닌지.

때 묻지 않은 그 순수한 어린 마음에서 나오는 사랑의 마음, 그것이 아닐는지.

사랑은 마음으로 보는 것이지 눈으로 보는 것이 아님을 다시 한 번 깨닫는다.

 초심

무엇인가 새롭게 시작할 때 우리는 초심의 마음가짐을 다진다.

그러나 대부분은 이 초심의 마음가짐이 그리 오래가지 못 할뿐더러 지속되지도 않음을 수없이 보았다.

말 그대로 초심의 마음가짐, 그것은 정말 어렵다.

하루에도 수없이 많은 번뇌와 변심의 마음을 갖는 인간 본연의 나약하고 자신에게 이로운 것만을 찾고 쫓는 욕망의 마음을 떨쳐내지 않으면 결코 해낼 수 없는 것이 초심의 마음가짐이 아닐까 한다.

오늘도, 내일도 초심의 마음을 되새기도록 스스로에게 늘 묻도록 한다.

◆ 세상에 내 것이란

이 세상에 내 것이 있을까?

내 것은 단 하나도 없다.

매일 씻고 멋을 내어보는 몸뚱이를 나라고 착각하면서 살아갈 뿐이다.

우리는 이 몸뚱이를 위해 돈과 시간, 열정과 정성을 쏟아 붓는다.

예쁘기 위해,

멋지기 위해,

섹시하기 위해,

날씬하기 위해,

병들지 않기 위해,

늙지 않기 위해,

죽지 않기 위해...

하지만 이 몸뚱이는 내 의지와 간절한 바람과는 전혀 다르게 살찌고 야위고 병이 들락거리고 노화되고 기억이 점점 상실되어 언젠가는 죽게 마련이다.

결국 이 세상에 내 것은 하나도 없다.

아내도 자녀도 내 것이 아니며, 벗과 친구들도 내 것이 아니다.

하물며 내 몸뚱이도 내 것이 아닌데 누구를 내 것이라 하고 어느 짓을 내 것이라고 할까.

세상 모든 것은 인연으로 만나고 흩어지는 구름과 같다.

마음을 비우고 욕심을 내려놓고 살면 만사가 행복이다.

◆ 필사즉생의 마음

한 발 더 내딛으라 한다.

끝으로 가라 한다.

끝으로 갔다면 그 끝에 서 보라 한다.

거기서 한 발 더 나아가라고 한다.

무엇이 있는지 알 수 없는 캄캄한 어둠 속으로 몸을 던져라.

즉 죽음을 다짐해야만 살 수 있는 길이 열린다는 말과 같고, 떠난 사람만이 돌아올 수 있다는 말이다.

우리가 그 무엇인가를 얻거나 이루기 위해서는 죽을 작정을 하고 달려들어야만 된다.

그러기 위해서는 먼저 믿어야 된다.

바라고 꿈꾸고 목표한 바 그 무엇을 이룰 수 있다는

단단하고 굳센 믿음이 있지 않고서는 아무것도 할 수
없다.

　필사즉생의 마음으로 임해야 하는 이유다.

　삶에 있어서의 마음가짐도 이와 같다면 못 이룰 것이
없을 것이다.

2 부

배 움

◆ 배움 하려는 마음

인간은 태어나 죽기 전까지 배우고 깨우치며 살아간다.

세상은 그렇게 끊임없이 공부하지 않으면 안 된다는 것을 자각하며 살아가는 한 인간이다.

과거에는 어느 대학을 나왔고 어디서 유학했는지가 지표였다면, 현재 사회에서는 그런 허울뿐인 껍데기는 유명무실하다.

앞으로는 끊임없이 내실을 다지고 배우려는 사람만이 가치 있고 현명한 삶을 살아갈 수 있지 않을까 생각한다.

그래서 나는 늘 배우는 중이고 그럼에도 항상 배움에 목마르다.

모든 것을 알 수는 없는 인간이기에,

배움에는 끝이 없다는 사실을 알기에.

알려고 하는 것이 훌륭한 사람이 되기 위한 조건임을
또한 알기에.

끝 모를 지식의 생산과 소비로 급속도로 진부해지는
지금의 사회에서 끊임없이 배우지 않고는 살아남을 수
없다.

이것이 바로 우리가 평생교육의 즐거움을 누려야 하
는 이유인 것이다.

인간의 본질적 삶은 배우고 익혀서 자기 것으로 만드
는 삶이어야 하지 않을까.

생각의 주석

'아는 것이 힘'이라는 말이 있다.

남들보다 조금 더 알아야 하고, 더 많이 알려 하고, 더 빨리 알아야 한다고 기를 쓰는 우리들.

정작 많이 아는 것보다는 제대로 알아야 한다는 사실을 간과하는 우리들.

지식이 아이큐 지수라고 보면, 지혜는 그것을 포함한 감성 지수라고 볼 수 있다. 그 정적 지식을 삶 속에 녹여 흡수해 살아있는 생명력을 솟아내는 생동하는 힘을 의미하는 것이리라.

그런데 우리 사회는 입시 위주의 지식을 위한 암기식 교육에만 치중하여 그보다 우월하고 실용성 있는 지혜는 사장시키는 우를 범하고 있다.

게다가 사교육까지 시키며 소위 일류대를 나와 사회 상류층의 일원이 되어 학연과 지연으로 자신들만의 고유한 배타적 영역을 구축해 다른 진입로는 차단하고,

그들만의 리그 속에서 삶을 영위해 가는 것이 최상의 선택이라 알고 지금도 그렇게 살아가고 있다.

그렇게 상류층에 속한 그들에게 사회를 이끌어갈 창의적이고 독창적인 능력을 기대하기란 거의 불가능하리라.

이런 사회의 구조적 병폐에서 그들의 리그에 올라가지 못해 갈등과 방황에서 신음하고 있는 우리의 바뀌지 않는 현실이 참으로 안타까울 뿐이다.

돈으로 지식을 살 수는 있겠지만 지혜는 살 수 없음을 알았으면.

아는 것이 힘이라는 현실 속에서 우리는 과연 무엇을 배우고 익히며 알아가고 있는지.

마음의 눈을 뜨고 지혜를 배우고 쌓아 가면 큰 성취를 이룰 수 있다는 것을 잊지 말았으면 한다.

또한 지식의 기초 위에 지혜를 쌓아가는 현명함도 알

앉으면 한다.

지혜는 살아 움직이는 창의력이고 그 지혜를 얻는 자가 꽃 피우는 세상이 올 것이라 믿어 의심치 않는다. 반드시 그래야만 세상을 살아가는 힘이 생기지 않을까.

그러기 위해 삶에 있어 우선적으로 선행되어야 할 것이 있다.

우리는 누구나 태어나서 집과 학교에서 여러 교육을 받으면서 사회생활을 할 수 있는 밑거름을 다진다.

그리고 가정과 학교에서 교육받은 것들을 사회에서 적용하게 된다.

그런데 정작 가장 기본적인 인성 교육은 외면한 채 오로지 스펙 쌓기에만 열을 올리고 있는 게 우리의 현실이다.

과연 어떤 교육이 자신은 물론 자녀에게 필요한지를 모르는 걸까? 아니면 현실과 타협해서 명문대학, 대기

업이라는 사회 엘리트 코스에 들어가기만 하면 많은 돈을 벌어 고생하지 않고 살 수 있을 거라는 생각에 그렇게 교육하는 것은 아닌지 스스로에게 물어볼 일이다.

사람은 자기가 하고 싶은 일, 좋아하는 일, 나에게 잘 맞는 일을 찾아서 스스로 개척해 나가야 창의적이고, 능동적인 삶을 살 수가 있다.

형식과 틀 그리고 누군가 시켜서, 남들도 그러하니라는 식의 생각은 삶을 좀 먹는 것이라 할 수 있다.

무엇을 위해 살고자 하는지?

어떠한 삶을 살고자 하는지?

삶은 스스로의 선택과 판단으로 결정하며 얼마만큼의 자존감과 자립심을 가지고 행복감을 느끼면서 사는지가 중요하지 않을까?

성공과 실패를 떠나서 말이다.

진정한 삶의 이유와 목적을 성찰하고 의미 있는 삶을

살고자 한다면 나를 알고, 나와 타인을 사랑하고, 인성 교육과 함께 마음의 그릇을 키우는 소양이 선행되어야 하지 않을까.

나를 위한 삶과 타인과 함께하는 삶을 생각해 보면 무엇이 중요한지를 알 수 있을 것이다.

'비인부전非人不傳'이라는 말이 있다.

인간으로서의 기본 됨됨이 즉 인성이 뒷받침되지 않은 자에게 지식이나 기술을 가르치면 물욕과 탐욕 그리고 권력만을 좇아다니고 진정한 의인이 될 수 없음에 그러한 교육을 경계해야 한다는 뜻이다.

결국 그런 사람에게는 지식이나 기술 제도가 만들어져 사회적으로 화가 될 수도 있다는 말이다.

◆ 가정교육의 힘

　언제부터 세상이 참 각박하네, 인심 사납네, 인간미
와 정나미가 없다는 얘기를 자주 듣는다.

　뭐, 어제 오늘의 이야기도 아니긴 하다.

　세월이 흘러도 여전히 층간소음으로 나쁜 기사가 나
고, 이웃에 누가 사는지도 모른 체 그렇게 살아가고
있다.

　정을 나누며 사는 것이 그렇게 힘든 것도 아닌데 말
이다.

　모름지기 산업화와 도시화가 낳은 병폐이기도 하거니
와 무심결에 휩쓸려 버린 안타까운 가정교육의 문제도
함께 한 것이니 딱히 누가 어디에서 무엇부터 잘못되었
다고 지적하기도 참 그렇다.

다만 오래전 우리의 부모들은 논과 밭을 팔고 소와 돼지를 팔고 고기잡이를 해서 내 자식들이 도시에 나가 오직 잘 되기만을 바라는 마음뿐이었다.

그런 부모들의 마음은 내 자식들이 정직하지 못한 방법으로 돈을 모으고 생활하기를 바라지는 않았을 터.

하지만 서울에서 살아 본 이들은 알 것이다.

착하고, 정직하고, 바르게 살면 살아남지 못한다는 것을.

도시는 살벌한 독기에 마취되어 판단력을 흐려지게 만든다.

그리곤 안하무인의 자기중심적으로 행동하며 정당하지 못한 방법으로 일확천금을 꿈꾸고 머리에 든 것은 없으면서 으스대며 자기도 모르는 사이 그렇게 시류에 묻혀 흘러가는 인생이 되어 버린다.

문제는 부모들이 오로지 자기 자식만을 위해 손발이 닳도록 떠받들고 가장 좋은 것만 먹이고, 입히고, 가르치려 자신의 모든 것을 희생하려는 마음부터 고쳐야 한다.

그렇게 극진한 대접과 관심과 애정 속에 자란 자식들이 살고 있는 오늘의 사회는 어떤가?

그렇게 자란 자녀들의 마음속엔 오직 자신만이 가장

귀하고 중한 존재라는 우월의식이 자리하고 있지 않을까?

하고 싶은 것, 먹고 싶은 것, 가지고 싶은 것은 다해야 직성이 풀리는 잘못된 생리 구조 형성의 원인이 바로 부모들의 맹목적인 과보호에서 비롯됨이 크다는 사실도 알았으면.

잘못된 인식에서의 극진한 돌봄은 양날의 칼이 되기도 한다는 사실도 알았으면.

그리하여 나만이 아닌 타인도 존중하고 귀하게 여기는 사람들이었으면.

인간미가 있는 따뜻한 가슴과 마음을 소유한 사람들이었으면.

서로를 존중하고 존중받는 인간다운 사회가 되었으면 좋겠다.

우리 모두가 서로를 이해하고 살피는 따뜻한 세상이기를.

생각의 주석

....

    대부분의 부모들은 내 자식이 어질고 슬기롭고 현명한 사람이 되었으면 한다.

    세상일의 문제와 방향을 그 밑뿌리에서부터 꿰뚫어 마침내 어질고 슬기로우며 현명함이 뛰어나 길이길이 받들고 본받을 만한 사람이 되었으면 한다.

    그러기 위해서는 어릴 때부터 집안에서의 반듯한 몸가짐과 가족들과 대화를 나눌 때 사용하는 말의 씀씀이, 음식을 나누는 식사 시간의 모습과 사물들을 대하는 자세 그리고 자식이 본받을 만한 부모의 모습 등이 일관성 있어야 한다. 그래야만 밖에서도 예의 있는 모습으로 생활할 수 있을 뿐만 아니라 힘들어 하지 않고 사회생활을 잘 해나갈 수 있게 된다.

    망아지도 길들이지 않으면 좋은 말이 될 수 없듯이 자식을 두고서도 잘 가르치지 않으면 버리는 것과 같다.

밥상머리 교육은 가정의 모습이 온전하게 사회에 비취지는 거울과도 같다.

　또한 근엄한 가르침보다는 재치 있는 말 한마디가 더 많은 것을 깨우쳐 줄 때도 있다.

　대학에서 배우는 지식보다 일상적인 대화에서 얻은 지식이 살아가는 데 많은 도움이 된다.

　차분한 지성과 고결한 인품을 지녀야 하지만 반면 학식은 뛰어나지만 비뚤어진 마음을 지니고 있으면 많은 사람을 해치는 괴물이 되고 만다.

　나는 오래전 야학*에 다녔던 시기가 있었다. 오전에는 일을 하고 저녁에 검정고시를 준비했던 시기였다. 그 무렵 힘들었던 것은 정규학교를 다니지 못하는 가정 형편이었다. 그로 인해 십 대 중후반 이후 학창시절 친

---

* **야학**　정규학교에 다니지 못하는 사람들을 대상으로 야간에 수업을 하는 비정규적 사회 교육 기관

구와 추억이 내 기억 속엔 없다.

 87년 무렵엔 대학생 형, 누나들이 재능 기부 형식으로 교과 과정을 수업해 주었다. 당시에는 시국도 수상하여 사회과학, 민중 노동가요 등 다분히 정치적인 얘기도 해주었다.

 당시의 수업으로 인해 세상을 보는 눈과 사회적 시선, 민주주의와 인간다운 삶 등의 교육을 접할 수 있어서 일찍 성숙한 계기가 되었다.

 과거의 그때를 돌아보는 지금의 나는 야학에 대한 느낌이 남다를 수밖에 없다.

 그래서 향후 나의 소망 중에는 정규 학교를 다닐 만한 여건이 힘든 아이들이 공부에만 전념할 수 있게 검정고시는 물론 컴퓨터, 문화, 사회적 인간관계, 인성 교육 등 다양한 교육의 기회를 주는 교육재단 설립을 목표로 하고 있다.

여러 이유로 가정이 해체되어 교육을 받을 수 없는 아이들에게 여건을 제공해 주어 그 아이들이 대학도 가고 사회의 한 구성원으로 자신의 소신에 맞게 살아갈 수 있도록 디딤돌이 되는 것이 소망이다.

　그리하여 당당하고 떳떳하게 살아가는 아이들이, 세상에 또 다른 좋은 모습으로 기여하며 꿈과 희망을 잃지 않고 살아갈 수 있다면, 그런 모습을 곁에서 지켜볼 수 있다면 더 이상 바랄 것이 없겠다.

◆ 능력 확장의 스워브

스워브swerve는 크로스 스텝으로 보폭에 변화를 주어 상대를 제치는 럭비나 하키, 축구 경기 등에서 사용하는 스포츠 용어다.

불규칙한 충돌에서의 상대를 제쳐내는 방법과 전략인 이런 행동은 자유의지의 상징이다.

요즘은 폭넓은 관심과 지식의 다양한 프레임으로 개인의 역량을 넓히는 의미를 담고 있다.

100세 시대에 평생 직업도, 직장도, 정년도 짧아지고 한 우물만 팔 수도 없게 되었다.

결국 여러 가지 일을 할 수 있어야 살아갈 수 있는 지금의 시대에서 자신의 영역을 넓혀가며 사는 인생 즉, 자신의 커리어를 확대하고 재생산할 필요가 있는 것이다.

그런 상황에서 스워브적인 다양하고 유용한 영역의 능력을 개발해야 선택의 폭이 넓어져 혹시 모를 퇴직의 순간에도 다른 일을 할 수 있는 여유가 생긴다.

그러기 위해선 다양한 경험의 지식과 배움을 게을리하지 않아야 하고 인적 네트워크도 잘 관리해야 한다.

깊이 있는 삶도 중요하지만 영역을 넓혀 나가고 익혀 나가는 것 또한 중요하다.

세상의 급속한 변화에 적응해 나가며 사는 것도 우리들 삶의 몫이기도 하니 말이다.

생각의 주석

나는 불가피하게 10대의 나이에 일을 시작하게 되었다. 생각나는 직업군을 나열하며 그 속에서의 배움을 돌아본다.

10대 신문배달, 수예점, 안경점, 자동차 부품회사, 조명회사, 한정식 식당

20대 광복문고(소매), 금성서적(도매), 온달서점(전집)

30대 서점(운영), 패밀리 레스토랑&라벨라, 이탈리안 레스토랑(운영), 중식당(운영), 편의점(운영)

40대 회사원(멘토링, 상담, 강연), 《쉼, 하세요》 작가&저자

생각나는 직업을 몸소 체험하고 겪은 일들에서 배운 소중한 경험들이 지금의 나를 있게 해준 것이 아닐까 싶다.

그 일 하나하나의 희로애락을 알기에 이해의 폭이 넓고 깊은 이유다.

돈으로 살 수 없는 경험보다 소중한 자산은 없다는 말을 실감하는 나이기에 실전 같은 이야기를 많이 해줄 수 있게 되었고 책 속에 담아낼 수도 있게 되었다.

　우리가 배우는 것들 중에는 어깨너머로 배우는 것들도 많다.

　과거 〈체험 삶의 현장〉이라는 프로그램이 그렇다. 간접 체험(하루)으로 직업을 이해할 수 있는 프로그램이었다. 하지만 잠깐의 체험으로 그 직업을 온전하게 알 수는 없다.

　어렴풋이 배우는 것보다 실질적인 경험이 더 중요하다.

　그렇지만 그런 간접적인 경험도 배울 수 있는 것들이 많기에 삶을 살아가고 사람을 이해하는 데 도움이 되고, 앞으로의 인생을 살아가는 데 소중한 밑천이 되기에 많은 체험과 경험을 하며 살아갔으면 한다.

◆ 말과 글의 격식

어떤 이가 말이란 마음속 깊은 곳으로부터 올라온다
고 했던가? 매일 글을 쓰는 나에게 글 또한 그렇게 다
가온다.

마음속 깊은 곳으로부터 오는 말이란 진정성이 담긴
것이리라.

가볍게 떠드는 말과 무심코 내뱉는 말, 세심함이 결
여된 말과 상처 주는 말, 가시 돋친 말과 하대하는 말
등 우리도 모르는 사이 무심코 입 밖으로 튀어나오는
말들이 참 많다.

말이란 마음이 실려 올라와서 뱉어지는 진실성이 담
긴 것이어야 한다.

생각 없이 목구멍과 입으로 나온다고 다 같은 말이

아니다.

글 또한 그렇다.

미사여구로 둘러싼 허세의 글, 은근한 자기 과시의 글, 겉만 꾸미려는 글, 깊이가 없는 얕은 글, 감각적인 빈 글, 뽐내고 싶어 안달인 글 등이 난무한다.

뼈 있는 말과 글은 새겨들을 수 있지만, 번드르르 한 말과 글은 오해나 곡해가 생겨날 수 있다. 이런 글에는 가슴으로 전해지는 진심이 없다.

오늘도 나의 말과 글에 진중함의 그윽한 향기가 묻어 나도록 나를 돌아보고 바라보려 한다.

생각의 주석

우리는 매일의 무료함 속에 길들여져 있고 피곤과 스트레스 등으로 늘 지쳐있다.

그렇게 힘든 일상의 오늘을 살아가는 사람의 마음과 오늘 다르고 내일 다른 그 바람 같은 마음.

그런 마음을 내 마음, 내 뜻대로 어찌할 수는 없지만 적어도 그 어떤 이유와 계기가 한 사람의 마음을 긍정적 희망의 방향으로 움직일 수 있었으면 하는 바람을 글에 담고자 하였다.

나의 글로 인해 그 사람의 마음에 필요한 양분의 에너지가 신경을 타고 뼛속 깊이 스며들어 작은 변화의 울림을 줄 수 있을 거라 글을 쓰며 생각했었다.

그렇게 큰 변화의 바람도, 망치로 얻어맞은 듯한 충격의 변화는 생각하지 않았었다.

그저 어제의 나에서 오늘과 내일에는 조금이나마 입가에 미소가 번져 있고, 어깨에도 힘이 들어 있고, 다소

의 여유로움과 기분 좋은 잔잔한 모습들이 보이고 예전
에는 볼 수 없었던 자신감과 긍정적 희망의 모습을 느
낄 수만 있다면, 그런 변화된 자신의 모습을 스스로 만
날 수만 있다면 고맙고 감사하지 아니한가.

특히 나의 글로 그만큼의 마음을 움직일 수 있다면
더 이상 무엇을 바랄까.

나는 변화의 모습과 변화된 모습을 보았고 만났
었다.

스스로 깨치고 나온 모습에 그저 고맙고 감사할 따름
이다.

말과 글에도 품격이 있어야 마음을 움직일 수 있다.

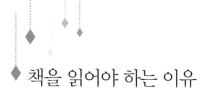

◆ 책을 읽어야 하는 이유

책을 읽으면 글을 쓸 수 있다. 많이 읽고 많이 써봐야 한다. 책을 읽지 않고 글을 쓸 수는 없다.

가끔 만나는 주변 사람들에게 묻곤 한다.

평소에 책을 읽느냐고. 그러면 사람들은 머뭇거리며 '바빠서'나 '어쩌다'는 말만 한다.

대부분의 사람들이 책과 담을 쌓은 지 오래되었다고 말하기도 한다.

그래서 물어 본다. 카페에서 좋아하는 사람들을 만나서 이야기 나누는 시간은 얼마나 되냐고. 그러면 꽤 오랜 시간 머물다 나온다고 한다.

좋은 사람들과 나누는 대화도 좋고 강요를 하는 것은 아니지만, 그 시간의 반만 책 읽기에 할애하면 어떨까 싶기도 하다.

와인을 좋아하는 나는 다양한 와인을 마셔 보고 나서 이것이 와인이구나를 느낀 후 와인에 대해 기록하거나 조언을 한다.

책을 읽는다는 것은 깊이를 느끼고 알 수 있게 해줄 뿐만 아니라 마음속 깊은 곳의 생각을 이끌어 내어 그 실행에 힘과 에너지를 불어 넣어 준다.

책을 읽을 시간이 없는 사람은 글을 쓸 시간도 없을 뿐더러 생각의 깊이가 좁고 짧아져 결국엔 아무 생각 없이 사는 것과 같지 않을까? 유명 작가들은 대부분 나 독가이며 다작을 한다.

한 권의 책을 내기 위해 많은 책들을 읽고 그 토대가 모여 한 권의 책으로 나오게 되는 것이다.

책벌레, 열독가, 다독가가 되지는 않더라도 조금 더 성숙한 인간이 되기 위해서라도 많은 사람들이 책 읽기를 생활화하고 습관화하면 좋겠다.

오늘보다 더 나은 내가 되기를 바라고 원한다면 말이다.

생각과 말 그리고 행동이 깊이 있고 성숙하기를 늘 갈망하는 한 인간이.

생각의 주석

'하루라도 책을 읽지 않으면 입안에 가시가 돋는다.'
도마 안중근의 이 말을 품고 살았던 때가 있었다.
학업에 대한 목마름을 책으로 채우던 시기였다.
부족함을 자각하여 책을 읽고 실천에 옮기려 했다.
그렇게 얻은 지식을 뼛속 깊이 스며들게 했다.
무언가를 읽고 나면 온갖 잡생각과 욕심이 사라졌다.
책이 있어 외롭지 않았다.
책이 있어 배고프지 않았다.
책이 있음으로 해서 슬픔을 달랠 수 있었다.
책이야말로 답답하고 힘겹기만한 티끌 같은 세상을
헤쳐 나갈 수 있는 오직 하나의 뗏목이었다.
자기 자신을 읽을 수 있는 사람이 세상만사를 읽을
수 있다.
몸이 아프면 마음이 황폐해지듯이 마음의 양식인 책
을 읽지 않으면 정신도 피폐해진다.

결국엔 읽고 싶은 책도 읽기가 싫어지고, 큰맘 먹고 책을 들어도 눈꺼풀이 천근만근이다.

  책 읽기는 습관이다.

  책을 멀리한 자신의 입에서 정제되지 않은 가시 돋친 말이 튀어나오길 바라는 이가 정녕 있을까?

  부족함의 부끄러움을 읽고, 생각하고, 깨달아 마음을 다스리는 것이 책 읽기다.

  책을 읽는다는 것은 내 마음의 거울을 한 번 더 닦아 나가는 것이다.

  또한 책을 읽는다는 것은 생각을 동반한다.

  생각은 하는 것만으로도 충분하다.

  사고 영역의 확장성과 다양성 면에서도 도움이 된다.

  그렇게 끊임없이 생각을 하면 마음의 깊이 또한 깊어지고 넓어진다.

  이해하고 헤아리는 마음과 큰 사랑의 마음이 깊숙이

뿌리내리게 된다.

그리고 나면 시선의 높이가 커지고 높아져 한 단계 더 도약할 수 있는 시선의 높이로 올라서게 된다.

그동안 스스로 생각하고 마음속으로 느끼고 알고 있던 것들이 한층 더 성숙되어 보이지 않았던 것들이 보이고, 보지 못했던 것들을 보게 된다.

우리는 생각 없이 살 수 없고, 마음의 깊이 없이 헤아릴 수 없으며, 시선의 높이 없이 성장할 수 없다.

# 글을 쓴다는 것

마음을 가다듬고 명료한 정신으로 노트를 펼치고 펜을 든다.

정제된 마음 안의 생각들을 펜에 실어 담는다.

그렇게 써놓은 글을 다시금 읽어 보면 순전히 엉망이고 엉터리다.

눈으로 보고, 마음으로 쓰는 글이지만 마음의 생각과 표현이 쓰고 지운만큼 어지럽고 매번 다르니 어디 글을 쓴다고 할까 부끄럽기 짝이 없다.

아무리 아름답고 명료한 글로 표현한다고는 하지만 늘 그렇듯 쓰고, 지우고 다시 고쳐쓰기가 다반사다.

글은 아무나 쓰는 것이 아님을 매번 자각한다.

아무럼 어떠랴? 그럼에도 글쓰기가 좋은 것을.

그런 순간 깨닫는다.

투명한 마음, 맑은 정신과 나 스스로가 하나될 때 비로소 글을 쓰는 순간이다.

고로 잡생각을 버려야 한다.

빈 마음으로 써내려가야 한다.

고요한 마음에 정신을 가다듬으며.

생각의 주석

한때 나는 염세주의자였다.

지금은 긍정 마법사라 불리는 나는, 처절한 가난 속에서도 티 없이 맑고 올곧게 살려했다.

그 누구도 알아주는 이 없었던 막막함 속 철저한 외로움과 쓸쓸함 그리고 고독함으로 둘러싸인 채 부딪히고 깨지고 치열하게 싸우고 버텨왔다.

그런 고립무원의 삶 속에서 나는 글을 쓰기 시작했다.

그렇게 오래전부터 짧게나마 조금씩 글을 쓰기 시작하였고, 몇 년의 시간이 흐른 지금 나는 전혀 다른 사람이 되었다.

글을 쓰기 시작하고부터 세상과 삶, 사람과 마음이 보이기 시작했고 조금 더 이해하기 시작했으며 어느 정도는 알게 되었다.

현실에서의 삶 또한 한결 여유로움과 느긋함을 지닐 수 있게 되었을 뿐더러 사랑하는 마음 또한 짙어지고 깊어졌다.

글을 쓰며 나를 돌아보고 하루를 되돌아보며 나의 마음 상태를 어루만져 주고 다독여 줄 수도 있게 되었다.

그리고 나로 인해 상처받은 이는 없었는지 주변도 돌아 볼 수 있는 너그러움의 혜안 또한 얻었다.

뭔가를 할 수 있는 힘과 꾸준함의 에너지를 받았고 자신감의 용기도 불어넣어 주었다.

마음에 평안과 지적 함양의 자양분을 끊임없이 공급해 배고픔도 잊게 해주었다.

살아 있음을 알려 주었고 살아감에 있어 방향타 역할도 해주었다. 글쓰기가 지금은 그 어떤 스승보다도 훌륭하고 멋진 나의 조련사가 되었다.

스스로 생각하고 느끼며 깨우치게 해주었으니.

그렇지만 나에게서 글을 쓴다는 것은 엄두에도 없었으며 글을 쓴다는 것조차도 쉽지 않았다.

무엇을 써야할 지, 어떻게 써내려 가야할 지 아무것도 몰랐던 생 초보 왕 초짜였다.

　마냥 책을 좋아했고 책 향기가 좋았다.

　그런 초보가 작은 걱정과 두려움을 무릅쓰고 한 자, 한 줄, 한 문장씩 무식하게 써내려 갔다. 지우고, 고치고 다시 수정하고 썼다.

　무슨 말을 하려는지 내가 봐도 모를 정도였고, 매끄럽지도 않았을 뿐더러 투박할 뿐이었다.

　그때는 그랬다. 지금도 그렇지만...

　그렇게 나만의 글쓰기가 시작되었다.

　나는 대학의 문예창작과를 전공한 것도, 신문방송학과나 국문학과를 나온 것도 아니다.

　그 흔한 책 쓰기, 글쓰기 강연을 들은 것도 아니다.

　그냥 지금껏 내가 보고, 읽고, 생각하고, 느끼고, 깨달았던 것들을 사랑의 마음과 시선으로 담아내려 했을 뿐이었다.

그렇게 누구의 시선에도 아랑곳없이 지금까지 써왔고 초보 작가가 되어 출간도 하게 되었으며, 초판이 나온 지 일주일 만에 중쇄까지 들어갔다.

요즘 회자되는 '이거 실화냐?'라는 말처럼 실감이 나질 않는다.

곰곰이 생각해 보니 아마도 이런 것이 아닐까 싶다.

무수한 실전에서 부딪치며 경험하여 얻은 것들을 투명하고 오염되지 않은 깨끗하고 순수한 마음속 사랑으로 진실되게 있는 그대로 꾸밈없이 쓴 글이어서가 아닌지.

전문가적 미사여구로 포장되지 않아서, 체계적이지 않고 투박하고 거칠지만 사람이 느낄 수 있는 그것을 잘 담아내어서가 아닌지.

아마추어의 글이지만 프로의 내공과 진심이 담겨 있

어서가 아닐까 싶다.

8년 동안 매일 글을 쓰기 시작하였고 조금은 느렸지만 꾸준하게 묵묵히 나만의 마음 시선과 마음 다짐으로 여기까지 오게 되었다.

새 출발을 위한 신선한 마음의 준비로 그렇게 해왔었다.

시작점에서 나는 나를 보는 객관적 시각으로 출발해 나를 이해하게 되었고 스스로를 용서할 수 있었다.

조금 더 나아질 나의 모습을 생각하고 떠올리며 꿈꾸어 왔다.

'내가 할 수 있을까?'에서 '난 할 수 있어!'의 마음가짐으로.

이제는 내 안의 잠재력을 믿게 되었다.

지금 힘들다고, 어렵다고 모든 걸 부정하지 않았으면 좋겠다.

대신 혼신의 마음을 다해 그 무엇을 해나가시길.

나와 내 마음은 스스로가 얼마나 열심히 정성을 쏟았고 최선을 다했는지 모두를 기억하고 있다.

그러니 자신을 믿고 꿈꾸고 도전하기를.

한 치의 흔들림 없이 열심히 꾸준하게 가다보면 그 끝에서 당신의 새로운 모습을 발견하게 될 것이다.

하늘과 땅 그리고 우주의 정기를 받아 이 세상에 태어난 것이 사람이다.

그렇게 태어난 사람의 몸을 맡아 다스리는 것은 마음이다.

그런 마음이 몸 밖으로 펴 나온 것이 '말'이고,

그 말 가운데서 가장 맑고, 멋지고 알찬 것이 '글'이다.

마음이 바르면 글이 바르고, 마음이 바르지 못하면 글 또한 바르지 못하다. 글을 쓸 땐 마음과 정신을 정갈하고 맑게 해야 하는 이유다.

◆ 리뷰

오래전 옥션 초창기 무렵 서점을 할 때였다.

중고책과 전집을 함께 했던 터라 손발이 무척 바빴다.

정성껏 택배를 보내고 나면 후기 등을 보게 되는데 판매자 입장에선 예민할 수밖에 없다.

가령 A급을 주문한 고객에게 A^+나 A^{++}의 상품을 보내주면 대부분은 무척 고마워하면서 만족도 100을 보내준다. 반면 형편없다는 만족도가 왔을 땐 허탈하고 불쾌감이 들었던 것도 사실이다.

십수 년이 지난 지금은 작가로서 책을 출간하기에 이르렀고 독자들의 리뷰를 보고 다시금 생각한다.

리뷰는 그 어떤 것을 체험하고 나서의 느낀 점을 좋았거나 아쉬웠던 것에 대해 지극히 주관적인 글로 표현하는 것이다.

요즘 정모, 맛집, 여행, 영화, 책(독서), 토론, 여행, 영화, 음악회, 연극, 뮤지컬, 영화(시사회), 게임, 상품 등의 다양한 방면까지 영향을 미친다.

일상의 거의 모든 분야에서 리뷰나 후기, 소감이나 감상과 비평이나 평가 등의 내용으로 이루어진다.

거기에는 혹독한, 감동의, 까칠한, 그저 그런, 밋밋한, 신랄하게 풍자하는, 영혼을 뒤흔드는 내용도 있다.

그런 의미에서 나의 첫 책인 《쉼, 하세요》를 읽고 난 이의 리뷰를 접하게 되면서 책을 집필하면서 담은 마음이 독자에게 고스란히 전달된다는 것이 쉽지 않음을 다시 한 번 알게 되었다.

이런 느낌과 의미로 쓴 글이 어떤 이에게는 전혀 다른 느낌과 의미로 다가가거나 무의미하게 느껴질 수도 있음을 알게 되었다.

나 또한 책을 가까이하는 독자 입장에서 다른 작가의 책을 읽고 진심의 내용을 보고, 읽고 담아내었는지를 생각해 보게 된다.

읽는 것은 쓰는 것보다 어렵다는 사실을 알기에 더욱, 심도 있게 읽어 마음 안에 심어두어야 겠다.

생각의 주석

글을 쓰며 알게 되는 것들.

글은 마음으로 하는 말이다.

맑은 정신으로 생각을 하고 가다듬어 글로 표현하는 것이다.

그래서 말보다 글이 더욱 세심하고 전달력 또한 크지 않나 싶다.

글을 쓰기에 좋은 점은 생각을 정리할 수 있게 되고, 거칠고 나쁜 표현을 정제할 수 있게 되어 이해와 설득, 감동 전달에 용이하다는 것이다.

그러기 위해선 우선 마음이 깨끗해야 하며 바른 마음으로 잘 정리 정돈해서 알찬 표현으로 나타내야 한다.

또한 글쓰기를 통해 자신의 내면을 바라보는 사람이 일상의 긴장감도 낮아지고 행복도도 높아진다.

말에는 흥분이 있을 수 있지만 글에는 흥분이 없다고 한다.

지금 이 글을 쓰는 마음 또한 차분하고 안정적일 수밖에 없다.

글을 쓴다는 것은 내 마음에도 위안과 치료, 따뜻한 마음과 사랑을 직접 체득할 수 있어 일거양득이 아닐 수 없다. 읽는 이는 더할 나위 없다.

마음의 정리나 올바른 마음, 평온한 상태에서 본연의 모습을 찾거나 알고자 한다면 어떤 글이라도 써보자.

차분해지고 명료해지는 명상의 효과를 느끼실 수 있다.

욕심을 버린 빈 마음으로 정성스럽게 빚는 도예처럼 글을 쓰는 것도 같은 마음이지 않을까.

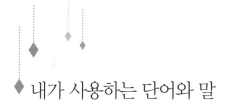

◆ 내가 사용하는 단어와 말

수많은 사람들과 대화를 나누는 가운데 나는 과연 어떤 단어나 말을 사용할까?

분명 좋은 단어를 생각하고 고르고 골라 정제된 말을 사용한다고 하지만 내 뜻대로 되지 않은 표현이 툭 튀어나와 상대에게 전해질 때면 아차!? 싶기도 하다.

가식적이거나 꾸며낸 것이 아닌 본심의 마음이 담긴 것이어야 하기에 서툰 것이다.

그래서 아나운서나 성우들처럼 대본에 쓰인 대로 말하는 것이 아닌지라 미팅이나 모임, 강연을 할 때면 꼬이기 십상이다.

그런 빈틈이 있는 인간이기에 스스로도 '그럴 수도 있지' 하며 다독인다.

그렇기에 평소에 마음에서 우러나는 고운 말과 바른 말을 잘 걸러 쓰고 습관화해야 한다.

내뱉는 단어나 말의 중요성은 말하지 않아도 알고 있으니.

보고, 듣고, 읽고, 느끼고, 생각하여 쓰고 말하는 것에도 좋은 단어와 말을 사용하도록 평상시에도 습관화하자.

내가 사용하는 단어와 말이 곧 나를 비추는 것이니까.

생각의 주석

'빈 수레가 요란하다'는 말은 아는 것도 없으면서 시끄럽게 떠들어대며 잘난 체하거나 허세를 부려 아는 척하며 말만 번지르르한 실속 없는 사람을 뜻한다.

말이 많다고 무조건 나쁜 것은 아니지만 자신을 말로써 지나치게 포장하면 오히려 치부를 들킬 수도 있으니 신중하란 뜻이기도 하다.

말이란 아끼고 아껴서 신중하게 사용하면 명약이나 보약이 되지만 가볍게 남발하듯 사용하면 오히려 독이 된다.

현명한 사람이 되려거든 이치에 맞게 묻고, 조심스럽게 듣고 담담하게 대답해야 한다.

말을 다 끝냈으면 침묵의 시간을 가져야 함은 물론이다.

속이 꽉 찬 사람은 어느 자리에서도 빛이 난다.

그래서 사람은

말로 배우고,

말로 사귀고,

말로 싸우고,

말로 사랑하고,

그야말로 말로 사는 존재다.

배우고 익혀야 하는 것이 사람이고,

늘 인간은 배우고 익혀야 하는 것이다.

다만, 제대로 배우고 익혀 잘 활용해야겠다.

◆ 심연의 혜안

좋은 글이란 어떤 글일까?

그 기준은 저마다 자신만의 느낌과 이해의 수준이 있기 때문에 다를 수밖에 없을 것이다.

개인적 소견을 말해보면 용기와 배짱, 열정과 도전정신, 자신감과 의지 등의 긍정적인 말을 해주는 글이던지.

아니면 나 자신을 돌아보게 하거나 마음에 어떤 울림의 느낌을 주거나 곱씹고 곱씹어 보게 하는 글이지 않을까 싶다.

이런 글들은 읽는 내내 심경을 후벼 파거나 무엇인가를 할 수 있는 힘을 불어넣어 주거나 마음이 차분해지며 숙연해져 다시 한 번 나와 삶을 돌아보게 하는 글이지 않을까 싶다.

명언이나 격언 등을 보고도 그냥 좋은 글이구나하며 고개만 끄덕이지 말고 가슴으로 느껴야 한다.

좋은 글이란 좋은 글을 보고도 놓치지 않고 볼 수 있는 깊고 넓은 내 안의 깊은 안목과 식견인 심연深淵의 혜안慧眼이다.

# 8년 동안 써보니

　나의 글쓰기.

　작가는 글을 쓰는 사람이다.

　그런 작가는 누구나? 아무나? 되는 것이 아님을 알지만, 모두에게 열려 있다.

　핵심을 말하자면 그냥 써보는 것이다.

　창피해서, 민망해서, 부끄러워서 등의 마음은 쓰레기통에 버려야 쓸 수 있다.

　그냥 짜내지 않고 나오는 생각을 우직하게 자신의 느낌대로, 생각나는 대로 막 써내려가다 보면 그게 글이 되고 책이 될 수 있다.

　유혹적인 미사여구나 현란한 '글빨'은 생각지도 않는 것이 중요하다.

지금도 매일 글을 쓰고 있지만 누가 뭐래도 나는 쓴다.

어떤 이는 좋아하고, 어떤 이는 그냥 넘기더라도 꾸준하게 써야 한다. 그래야 는다.

스포츠에서도 뭔가 잘하려고 하면 힘이 들어가 마음대로 잘 안 되는 경우가 있다.

잘 쓰려고 하지 말자.

다만, 중요한 것이 있다.

바로 공부다.

공부해야 한다.

공부는 많은 책을 읽어야 한다는 것이고, 세상사 돌아가는 이치를 관심 있게 볼 것이며 다양한 경험도 해야 한다.

◆ 공명정대

공명정대公明正大 란 일이나 행동에 사사로움이 없이 공명하고 정대하게 처리하는 것을 말한다.

법과 정의의 여신인 유스티치아는 한 손에는 힘을 상징하는 칼을 다른 손에는 저울을 들고 있다.

이후 나라마다 달라졌다.

우리나라 대법원에 있는 유스티치아는 저울과 법전을 들고 있다.

아마도 칼보다 저울의 형평을 따지는 중요성을 더 크게 본다는 상징의 의미가 아닐까 싶다.

뒤늦게 추가된 눈가리개는 공정함을 상징하는 것이리라. 법정에 단 한 사람이라도 아는 사람이나 연이 닿아 있는 사람이 있다면 자신도 모르게 판결에 영향을 줄 수도 있기 때문일 것이다.

탄핵 이후 한층 성숙된 우리 사회에는 아직도 많은 부조리와 부정부패, 갑질, 적폐 등의 나쁜 폐단들이 이어져 오고 있다.

그나마 다행인 것은 성숙된 시민의식과 저널리즘을 알리는 언론의 경계 시선과 시민 참여의 외침이 효과를 발휘하고 있다는 것이다.

칼과 저울, 법전과 눈가리개의 의미와 정신을 새겨 정의롭고 공정한 정신이 깃든 사회와 나라가 되었으면 하는 바람을 가져본다.

◆ 침묵의 방관자

한 연출가의 부도덕한 사건과 태움으로 인한 간호사의 안타까운 사연을 바라보며 실화를 바탕으로 한 내민 감독의 〈버스 44〉라는 단편영화가 생각났다.

영화의 내용은 중국의 시골 마을에서 여성 버스 운전기사가 버스를 운행하고 있었는데 강도 2명이 승객들에게 금품을 빼앗는 것도 모자라 버스기사를 숲으로 끌고 가 몹쓸 짓까지 하고 달아난다.

승객들은 다칠까봐 모두 모른 척하고 있는데, 한 남자가 도우려다 심하게 다치고 만다.

한참 후 만신창이 되어 돌아온 버스기사는 버스 안의 승객들을 뚫어져라 쳐다보지만 승객들은 고개를 돌릴 뿐이다.

버스기사는 강도들에게 다친 남자에게 차에서 내리라고 하며 문을 닫고 그의 짐도 던져버린다.

그리고 버스는 출발한다.

그 남자는 간신히 차를 얻어 타고 길을 간다.

그러나 얼마 가지 못해 교통사고 현장을 목격한다.

버스기사가 커브 길에서 속도를 가속해서 그대로 낭떠러지로 추락하여 탑승객 전원이 사망한 것이다.

멀리 낭떠러지를 바라보니 그 버스는 자신이 타고 왔던 바로 그 버스였다.

그 버스기사는 유일하게 자신을 도와주려 했던 그 남자를 일부러 버스에서 내리게 하고 모른 척 외면했던 승객들을 모두 지옥으로 데리고 간 것이다.

나 몰라라 방관했던 승객들의 모습에서 나도 버스안의 방관자는 아닐까 스스로에게 물어 본다.

만약 현실 속에서 내 일이 아니라고, 무섭고 겁이 나서, 다칠까봐, 불이익 등의 여러 이유로 방관한 일이 있다면 그 또한 몹쓸 짓이다.

적어도 우리는 침묵의 방관자는 되지 말자.

◆ 부모의 자존감

부모들은 아이들을 볼 때마다 답답해한다.

'나처럼 살면 안 되는데...'

나보다는 더 나은 삶을 살았으면 하는 마음이다.

그런 부모의 마음도 모르고 열심히 공부하는 것 같지 않아 속이 상한다.

반면 아이들도 부모를 볼 때마다 숨이 막힌다.

애를 쓰고 공부를 해도 부모의 기대에는 항상 못 미치는 것 같아 답답해한다.

때로는 너무 힘들어 탈선이라는 안 좋은 생각을 할 때도 있다.

"제발 나처럼 살지는 마라."

"나보다 더 나은 삶을 살았으면 좋겠다."

살면서 자녀에게 이렇게 말한 적이 있지 않은가?

경쟁이 치열한 사회에서 세상살이의 고달픔에 지치다 보면 종종 아이들에게 "나처럼 살지 말라"는 말을 푸념하듯 한다.

하지만 부모들의 '자신의 삶을 실패'라 여기고 자신들처럼 살지 말라고 얘기할 때 이를 바라보는 아이들의 마음을 생각해 본 적이 있는가?

자기 확신이 부족한 부모는 아이의 성과를 가지고 자신이 좋은 부모라는 것을 확인받으려 한다.

이것은 잘못된 생각이며 욕심이다.

부모는 아이의 교사도, 감독도, 대리인도 아니다.

가장 중요한 것은 부모로서의 삶을 사는 것이다.

부모로서 하는 일에 보람을 느끼며 행복하게 살아가는 모습을 보여주는 것보다 더 좋은 교육이 있을까?

아이들이 진짜로 원하는 엄마, 아빠는 한결같은 모습으로 자신의 삶을 살아가는 사람일 것이다.

자신이 잘하고 있을 때도, 원하는 결과를 내지 못했을 때도, 변함없이 응원해주는 사람일 것이다.

누구의 엄마아빠보다 부모의 이름이 온전히 당당할 수 있도록 부모로서의 삶을 잘 다듬어 나가는 것이 중요하다.

　아이의 자존감을 높여주는 것만큼 부모들 자신의 자존감을 지켜나가는 것이 더욱 중요하다는 사실을 명심하길 바란다.

　훌륭한 교육은 부모로서 지시하고 강요하는 것이 아니라 이렇게 살아야 한다고 몸소 실천하며 보여주는 것이다. 그러면 아이들은 자연스럽게 본받는다.

◆ 세상의 정치 속 눈치와 가치

세상 모든 동물은 살면서 원초적, 본능적으로 느끼고 알아가는 것들이 있다.

특히 사람은 관계적인 생활 속에서 눈치라는 것을 터득한다.

이 눈치를 잘 알고, 익히고 잘 활용해야 한다.

눈치는 본능적인 감각이 따른다.

본능적으로 타고난 사람도 있겠지만 눈치는 사람이 살아가면서 자연스럽게 터득하는 관계에서 전해지는 것이기 때문에 목석이나 곰처럼 무딘 사람이 아니라면 어느 정도는 다 지니고 있다.

그런 눈치도 어떨 때는 요긴하다가도 어떨 때는 스스로를 옭아매기도 한다.

'눈치는 정치'라는 말이 있다.

나에게 득이 되는 것을 잘 살펴 그것을 이용해서 자신의 이득을 챙기는 것이 정치에서의 눈치다.

다만 그런 정치적인 눈치의 세상이지만 그 어떤 가치만큼은 확고하게 담고 있어야 한다.

자기만 살려는 눈치만 있고 가치가 없다면 속물에 지나지 않다.

가깝게는 나와 가족, 친구나 지인 크게는 지역을 위하고 사회와 나라를 위해 무엇인가를 하고자 하고 이루겠다는 가치가 있어야 눈치 속 정치가 존중받을 수 있다.

눈치와 세 치 혀만 나불대는 그런 위인은 정말 되지 않길 바라며.

눈치도 적절하게 다스리면 꽤 유용한 무형의 자산임에는 틀림이 없다.

3부

인 연

◆ 나와 인연이 닿은 이에게

    부드러운 말투와 세상을 바라보는 시선이 사랑스럽고 따뜻한 사람.

    세상을 대하는 긍정적인 마음 자세와 선한 눈망울을 가진 사람.

    삶의 무게에 짓눌려 힘겨워할 때 선뜻 나타나 어깨를 다독여주는 사람.

    내 기쁨에 더 많이 기뻐해 주고, 함께 나눌 수 없는 고통과 슬픔을 나누려 하는 사람.

    세상 사람 모두를 향한 친절함 속에서도 날 향한 각별함을 늘 남겨 놓는 사람.

    그런 특별한 사람인 당신은 내 존재 이유를 깨우쳐주는 사람.

삶의 한 귀퉁이에서 우연히 만났어도 결코 예사롭지 않은 우리 인연이기에 스치듯 만나 교우하고 아쉬운 눈길 나누며 헤어지지는 않았으면.

하늘의 해와 달처럼 낮과 밤을 함께 하는 아름다운 인연이었으면.

아름다운 인연을 이어가는 사람이 당신이고 나여서 곁에 있는 것만으로도 든든하였으면 좋겠다.

생각의 주석

벗과 나누는 술은 평생을 주거니 받거니 함에도 부족할 정도로 즐겁고 흥이 있지만, 밉고 싫은 사람과는 반마디 말도 나누고 싶지 않다.

살아가며 얼굴을 알아가는 사람은 많지만, 마음을 알아가는 사람은 몇이나 될는지.

사람은 의義로써 맺어지거늘 의리 없는 친구는 사귀지도 말지어다.

술이나 음식을 함께 할 때에는 형님, 아우, 누님, 동생, 친구하며 술잔을 기울이지만, 그 친구들 중 정작 어려운 일을 당했을 때 기꺼이 도와줄 친구는 또한 얼마나 될는지.

부부간에도 털어놓을 수 없는 일들이 있으며, 피를 나눈 형제지간이라도 말 못할 형편이란 게 있을 터.

정말로 힘들고 어려우면 등 돌리고 나 몰라라 하는 세상 인심이려니 이해하기를.

욕심도 내려놓고 욕망도 벗어버리고 그저 내가 양보하고 이해하고 생각함으로써 그런 빈 마음의 나를 찾아오는 이가 있다면 맨발로 뛰쳐나가 마중 나갈 것이다.

　그리고 살아감에 있어 서로의 말이 비슷하고 시선과 방향이 내 마음과 통하는 게 있어 함께 갈 수 있는 사람들을 곁에 두고 가길.

　우리는 누군가와 무엇인가를 향해 나아갈 때는 내가 누구와 함께 하든 또는 나와 함께하는 사람과 마음을 같이 해야 한다.

　마음이 다르면 말하는 것이 다르게 되고 바라보는 곳이 달라 방향이 틀어진다.

　각자의 다른 시선은 다른 생각을 하게 만들고 다른 마음을 먹게 한다.

　결국에는 같이 갈 수 없게 되는 것이다.

　마음이 다르기 때문이다.

내가 누군가를 따를 때는 내 생각은 이러이러하더라도 정말로 그를 따르길 원한다면 그의 마음과 생각을 알아 같이 해야 하고, 나를 따르는 사람에게는 내 마음과 생각에 대한 신뢰를 보여 주어야 한다. 행동으로 말이다.

먼저 그 길을 앞서가며 나의 생각과 마음에 대한 믿음과 확신을 보여준다면, 그 사람은 자연스럽게 당신의 마음과 생각에 같아질 것이다.

같은 말을 하고 같은 곳을 보며 같은 곳을 향해 가는 것이 중요하다.

또한 살면서 만나고 헤어지는 과정 중에는 오래 기억되는 사람과 잊히는 사람이 있다.

우리 모두는 오래 기억되는 사람으로 남겨지길 바라지만, 시간이 흐르면 서로에게 상처와 아픔을 주고 미워하고 싸우다 잊히게 된다.

그런 지금 조용한 음악과 차 한 잔으로 마음의 여유를 가지며 잠시 생각해 본다.

살아가면서 혹시 날 잊고 사는 사람은 없을까?

날 잊은 그 사람을 미워하기보다 왜 그 사람이 날 잊어야만 했는지를 생각해 보고 당신이 잊은 사람에 대해 생각해 본다.

심호흡과 함께 마음을 차분하게 가라앉히고 그 사람을 오래 기억되는 사람으로 바꿔 보기 바란다.

사람들은 흔히 말하기를 만나는 것보다 헤어지는 게 어렵다고들 하지만, 헤어지는 것보다 만나는 것이 더 어려운 게 사실이다.

오래 기억되는 것보다 잊히는 게 더 어렵다고들 하지만, 사실은 잊히는 것보다 오래 기억되는 것이 더 어려운 일이다.

살아가면서 우리는 너무 쉬운 길만을 찾고 있는 건

아닐는지. 어려운 길일수록 얻는 것이 분명 더 많다는 사실이며 내가 잊기로 했던 당신과 나도 누군가의 기억에선 지금도 잊히고 있을지 모른다.

잊으려 했던 사람을 잊지 않고 오래 기억되는 사람으로 만든다면 누군가도 언젠간 알게 될 것이다.

새해가 온다고 해서 모두 다 정리하려고만 하지 말고 차분히 그간 만나고 헤어졌던 사람들을 생각해 보며 사람들을 오래 기억할 수 있는 우리가 되었으면 한다.

내가 아는 모든 이가 오래도록 기억되는 사람이고 나 또한 누군가에게 그런 사람이길 소망하며 만나고 잊힌 누군가를 생각해 본다.

◆ 인간에 대한 예의

사람이 사람 대우를 받고 사는 것이 지극히 정상인데 세상에는 아직도 사람 대우를 받지 못하는 사람들이 많다는 것에 비애를 금할 수 없다.

사람을 물건이나 도구, 동물을 대하듯 하는 사람도, 그런 대우를 받는 사람들도 은근히 많다.

만물의 영장이라는 인간이 가정에서나 자기 자신에게 있어서 가장 존귀한 존재인 인간이 왜 그러한 상황에 처해야 되는지… 사람과 사람 사이에 계급이 생기고 가장 하층민인 사람들은 가축보다 못한 비참한 삶을 살아야 했다.

오래전 이야기라고 치부하기에 오늘날은 어떤가?

민주주의와 인간 중심의 사회, 인권의 사회라는 현재

에도 짐승이나 노예처럼 취급받고 사는 사람들이 많다.

인간의 인권은 극소수 상류층의 전유물이 아님을 깨달아야 함은 물론이요, 인간으로서의 존엄과 가치, 그에 상응하는 예우를 우리 삶의 터전 곳곳에 뿌리내려야 할 것이다.

그리고 타인을 하대하고 적대시하고 경쟁자로만 인식하거나 때로는 갑질 아닌 갑질을, 특권 아닌 특권을 과시하거나 바라며 살아가고 있지는 않는지 스스로에게 물어볼 일이다.

내가 손님이거나 구매자일 때 그 반대에 있는 사람에게 무례한 말과 행동들을 하지 않았는지 돌이켜 보자.

함께 어깨동무하고 열심히 즐겁게 살아가면 더욱 살맛나는 세상일 텐데.

다른 사람들의 부족한 것들을 채워주고 메꾸면서 살아가면 모두가 즐겁고 행복할 텐데.

너와 나 그리고 우리 모두가 존엄하게 대우하고, 대우받는 인간이 삶의 중심에 서 있는 그날을 기약하며.

우리는 너 나 할 것 없이 소중한 인간이다.

생각의 주석

    오랜 옛날로 거슬러 올라가 보면 정승이나 대감 집에는 종과 노비가 있었다.

    같은 인간이자 사람임에도 불구하고 그 어떤 역사적, 상황에 의해서든 오래된 관행처럼 대물림되어 누구는 사람 위에 군림하고 누구는 평생을 허드렛일만 하며 살아야 했었던 시대.

    세상이 변한 지금, 바뀐 것도, 변한 것도 없음을 탄식하고 개탄한다.

    갑질을 일삼는 그들은 물질과 경제적으로 우월한 위치에 자리해서 절대적 힘을 가지고 약자에게 군림하여 반말과 무시, 욕설과 협박, 향응과 접대 등 온갖 횡포를 일삼는다.

    삐뚤어지고 폐쇄적인 그들의 가정 문화가 사회에서도 버젓이 일어나고 있는 것이다.

    잘난 척을 하지만 어리석고, 추잡하고 비루한 인생인

줄은 모르는 한심한 모습과 태도에 비로소 여러 촛불이
모여 세상에 외쳤다.

이제 더는 갑질의 횡포가 일어나질 않기를 바라고
우리 모두 그런 문화를 만들어 가도록 노력해야 할 것
이다.

언젠가는 그들의 위치가 바뀐다는 사실을 모르는 갑
들에게.

◆ 착한 마음씨를 지닌 사람

착한 마음씨를 지닌 사람을 만나고 왔다.

한 번의 인연도 어두루 씌기지 않고 소중하고 귀하게
여기는 사람.

세상과 사람을 바라보고 대하는 시선에 잘 익은 과일
향과 진한 커피 향이 묻어나는 사람.

사람들을 위해 기꺼이 자신의 수고를 아낌없이 나누
고 베푸는 사람.

나와 타인의 경계를 두지 않고 오직 사랑하는 마음으
로 대하는 사람.

이런 사람에게는 향수를 뿌리지 않아도 상큼하고 산
뜻한 향기가 난다.

이런 사람은 늘 마음을 열어놓고 언제나 만나고픈 사

람이다.

사소한 오해나 갈등으로 등 돌리지 않고 오랜 시간 함께 할 수 있는 사람이다.

같은 눈으로 같은 마음으로 같은 곳을 볼 수 있는 사람이다.

무엇인가를 기대하기보다는 가진 모든 것을 주어도 아깝지 않을 사람이다.

서로를 소중하고 귀하게 여기며 서로의 영혼을 감싸 안을 줄 아는 사람이다.

우리 모두가 이런 마음씨를 지닌 사람이었으면 좋겠다.

그리고 먼 훗날 참 아름답고 멋진 소중한 추억이었음을 회상했으면 좋겠다.

생각의 주석

이런 사람이 있다.

문득 지치고 힘들 때나 어떤 문제가 생겼을 때 저절로 상담하고 싶어지는 사람.

나의 기쁘고 좋은 소식을 제일 먼저 알리고 싶은 사람.

때론 아무리 가까운 사이의 사람에게도 밝히고 싶지 않은 일을 스스럼없이 말하고픈 사람.

당신은 나의 마음속의 비밀을 잘 지켜주는 사람이기에.

마음이 아플 때 의지하고 싶은 사람이기에.

슬플 때 기대어 울 수 있는 어깨를 가진 사람이기에.

그리고 기쁠 때 같이 함박웃음을 지어줄 수 있는 사람이기에.

내가 울 때 당신의 얼굴에도 눈물이 그렁그렁 보이는 사람이기에.

무거운 짐을 조금이라도 가볍게 덜기 위해 도움을 주

는 사람이기에.

갖고 있는 것을 마냥 나누어 주려는 사람이기에.

대가를 바라지 않는 이들의 듬직한 벗이고자 한다.

살다 보면 가끔 바쁘다는 이유로 잊고 있다가 문득
생각나는 친구들이 있다.

잊고 살다가 문득 생각나는 이들이 있다.

평소에는 있는 것조차 의식하지 않고 살아가지만 힘
겨운 날에 외로운 날에 힘이 되어주는 이들이 있다.

사람들의 만남을 일회용으로 끝내는 것이 아니라
두고두고 기억되고 오래도록 유지되는 관계라서 아
름답다.

오래 묵어서 그윽한 냄새와 깊은 맛을 보여주는 된장
처럼, 창고에서 오랫동안 먼지를 뒤집어쓴 세월이 오랜
만큼 더 진하고 아름다운 맛을 낸다는 와인처럼 오랜
세월 함께 하며 그윽한 정이 든 이들이 아름답다.

오랜 시간이 흐를수록 깊은 맛을 내며 오랜 세월 우려내도 그 맛이 변하지 않는 듬직한 이들을 소중히 여겨야겠다.

◆ 타인은 나를 모른다

인생을 살아오면서 터득한 모든 것은 나의 경험이고 생각이자 관점에서 오롯이 나와의 교감에서 이루어진 것이다.

그래서 타인은 나를 모를뿐더러 알 수도 없다.

나를 가장 잘 이해하고 아는 사람은 오직 나뿐이다.

그러니 누군가 나를 알아주지 않는다고, 못한다고 소심하게 삐치거나 미워하거나 멀리하지 말자.

나 또한 타인을 이해하지 못하며 안다고 해서도 안된다.

그저 이해하려는, 공감하려는 너그러운 마음을 지니는 것이 중요하다.

그전에 더욱 중요한 것은 스스로가 자신을 제대로 아

는 노력이 필요하다.

　나를 알고 타인을 받아들일 때 원만한 관계의 교감이
이루어진다.

생각의 주석

위선의 마음과 행동은 속으로 시기, 질투하여 타인을 속이려 들고, 겉으로는 착한 체 하는 행동이다.

본심의 나를 숨기고 점잖은 척 위선을 떤다.

이런 사람을 만나 온갖 마음고생을 하는 이들이 의외로 많다.

불필요하게 마음을 쓰고, 속을 끓이고, 아파하고, 고통스러워한다.

위선을 떠는 사람들은 가식적이며, 새카만, 새빨간 거짓말을 하며, 마음속으로 불순한 동기를 품고 있다.

자신의 약점이나 치부를 감추려 들고, 나약한 인간임을 숨기려 든다.

사기꾼이나 이기적인 성향을 지닌 사람과 말도 많고 집요하거나 심약한 이들이 대부분이다.

이들로 인해 상처받는 사람들은 대개 사람과의 관계가 서툴거나 마음을 제대로 꿰뚫지 못하는 사람들이다.

상처를 주는 사람들은 신경 쓰고 마음 쓰지 말고 그
냥 내버려 두면 제풀에 본색이 드러나게 되어 있으니
염두에 두면 좋겠다.

　레미제라블 속 신부의 거짓말처럼, 부모님과의 전화
통화에서 현실은 힘들지만 건강하게 잘 지낸다고 했던
하얀 거짓말 정도 하고 사는 우리이길 바라며 착한 마
음의 나무 한 그루 마음속에 심어 놓자.

　우리가 타인을 미워하는 것은 그가 미운 짓을 해서
일수도 있다.

　하지만 그것보다는 나의 마음에 타인을 밉게 보려는
미움이 자랐기 때문이다.

　타인을 사랑하지 않는 것도 내 안에 타인을 사랑할
마음이 없기 때문인 것이다.

　만약 나의 마음 안에 미움이 자라지 않았다면 타인이
미워질 리 없고, 내 마음에 사랑이 자랐다면 아무리 타인이 미운 짓을 하더라도 사랑스러울 것이다.

　마음 안의 감정들은 다 내가 만드는 것이니 서로 미워하지 말고 사랑하며 살자.

　미워하는 것도, 사랑하지 않는 것도 다 내 마음이니 미움과 시기, 질투와 화냄을 내 마음 안에 심지 말고 그 마음 안에 착하고 선한 마음과 남을 칭찬할 수 있는 이해와 배려의 너그러움과 사랑을 심도록 노력하자.

　사랑도, 미움도 다 내가 만드는 것이니.

◆ 옷깃의 인연

　옷깃만 스쳐도 인연이라는 말.

　이 말엔 어떤 이유가 남겨 있는 걸까?

　다시 한 번 잘 되새기라는 속내가 숨겨져 있는 것
이다.

　세상 살면서 수많은 인연들과 스쳐 지난 사람들에게
는 어떤 메시지가 담겨 있으리라.

　인연에는 무서운 비밀이 숨겨져 있다.

　함부로 사귐이 있어선 안 될뿐더러 신중하고 귀한 마
음으로 정성을 다해야 한다는 것.

　인연은 그렇게 단순한 듯 시작되지만 결과는 복잡하
고 묵직하다.

　'옷깃만 스쳐도'의 인연을 이롭게 살려내는 마음의 눈

을 키워야겠다.

허튼 인연은 그 어디에도 없으니.

생각의 주석

우리는 참 많은 사람들을 만난다.

만나서 연을 맺고 지금까지 그리고 앞으로도 함께 할 인연도, 잠깐 스치는 인연도 있었다.

이런 생각을 해본다.

서로가 모른 채 만나도 마음과 마음이 통했다면 행복한 만남이 될 것이다.

한 번을 만나도 기분 좋은 만남,

바라보면 미소가 지어지는 만남,

시간이 지나면 만나고 싶은 사람,

그런 사람이 된다면 참 좋겠다.

그러기 위해선 마음이 열려 있어야 하겠다.

누굴 대할 때도 항상 똑같은 마음으로 변치 않는다면 참 좋겠다.

그 어떤 인연이든, 인연은 내가 만드는 것이다.

내가 있어 그를 만난 것이기에.

그런 가운데 가장 중요한 것은 가슴이 따뜻한 사람과의 만남이다.

　진실한 의미에서 우리들의 인생이 외로울 때 힘이 되어 주고, 용기를 줄 수 있는 누군가의 손길이 필요하다.

　그러기 위해서 내가 먼저 당신에게 다가가리라.

　우리는 서로 어떤 만남을 위해서 오래전부터 기다려 왔는지 모른다.

　잊히지 않는 추억을 만들기보다는 나는 당신에게, 당신은 나에게, 서로 소중한 사람이 되길 바라며 그리운 사람 냄새가 나는 싱그러운 떨림으로 다가가는 인연 하나로 남고 싶다.

　자연의 인연도 그렇다.

　물은 쉬지 않고 흘러간다.

　어느 순간 강물이 되었다 싶었는데 바다가 되어 있다.

　온전하게 바다인 듯 싶었는데 보이지 않는 수증기가

되어 버렸다.

그런 수증기를 구름이 머금었다.

다시 비가 되어 내린다.

내린 비는 다시 냇가와 호수, 강과 바다로 이어진다.

땅의 자양분을 먹고 자란 풀을 곤충이 먹고 그 곤충을 새들이 먹고 그 새들을 상위 포식자인 매나 독수리가 잡아먹고 그 새나 육식동물이 죽으면 미생물 곤충 등이 분해를 해 식물이 먹고 이렇게 순환되는 것이 생태 순환의 연속인 것이다.

우리들 인연 역시 이와 다를 바 없다.

인간과 인간 사이의 관계의 연속이다.

배워서 스승이 되어 서로를 살리는 관계인 것이다.

자연이나 사람도 순리의 연속처럼 하나인 것이다.

지금 이 순간에도.

◆ 얼굴과 얼굴을 맞댄 소통의 중요함

　너나들이하며 지내는 모임에서 알게 된 한 분과 시간이 맞아 치맥데이를 가졌다.

　지기들은 알지만 저자의 사연은 모르고 있었던 중에 저간의 얘기도 나누고 《쉼, 하세요》도 전하는 시간을 가졌다.

　과거의 시간으로 거슬러 올라가 나를 바라보고 어루만지고 치유하듯 순결하게 지켜내고 이겨냈던 눈물겨운 사연을 털어내었다.

　상담심리를 전공하고 마음치유연구소를 운영하며 강연을 다니는 분이라 듣고 있는 얼굴에서 어떤 느낌일지 짐작이 갔다.

　나의 이야기가 끝나고 그 분의 아픈 과거 이야기를

듣는다.

아픈 과거의 속내를 끄집어내는 일이 쉽지는 않지만 이야기할 수 있어야 한다.

때로는 여과 없이 과감하게 내 속의 울음도 끄집어낼 필요가 있다.

속 시원하게 말이다.

끄집어내어 어루만지고, 보듬고 사랑해야 치유가 되기 때문이다.

그렇게 서로의 마음을 얘기하고 들어주고 공감을 하다 보면 자신감과 용기도 생겨서 조금 더 당당하고 떳떳하게 살 수 있는 긍정의 에너지가 생긴다.

그런 다음 과거의 나와 지금의 나를 비교해보며 잘해나가고 있는지 허투루 살고 있지는 않는지도 돌아볼 수 있는 시간이 되기 때문에 얼굴과 얼굴을 맞댄 대화가 중요하고 소중한 이유다.

생각의 주석

가끔씩 잠들기 전에 스마트폰 속 세상 속 타인의 일상으로 여행을 떠나곤 한다.

거기엔 나와 소중한 인연이 닿아 있는 분들도, 조금 알고 있는 분들도, 전혀 모르는 분들도 자신들만의 일상 스토리를 올려 세상과의 소통을 하고 있다.

인스타그램, 페이스북, 밴드, 카카오스토리, 트위터 등에서 자신만이 좋아하는 방식으로 말이다.

파도타기로 타인의 세상 스토리를 구경하다 보면 자신만의 소통 방법과 내용이 느껴진다.

어떤 이는 셀피 사진을, 모델 포즈의 모습과 옷이나 가방, 구두, 액세서리의 사진을, 먹방 사진을, 건강 정보를, 분위기 좋은 카페 사진을, 아름답고 멋진 여행 사진을, 다양한 자동차와 오토바이 자전거 사진을, 낚시 사진을, 화장품과 뷰티 내용을, 오래된 지폐와 동전 스토리와 사진을, 좋아하는 가수들의 음악들을, 다양한 책 정보를, 여러 모임의 순간들을, 좋은 시나 글들을, 스포츠 경기 관람 사진을, 자신의 반려동물의 이야기를, 와인 소개를, 영화나 연극 뮤지컬 클래식 공연 정보를, 해외여행 이야기를, 일상의 소소한 순간을 담은 사진과 이야기 등을 참으로 다양하게 소통을 하며 살고 있구나 싶다.

하물며 소모임 어플은 개개인별로 모임의 성격이나 내용에 맞게 좋아하거나, 끼리끼리의 모임으로도 활용하며 소통을 하고 나눔과 재능 기부 등의 참여 모습들도 볼 수가 있다.

결과적으로 볼 때 이 모든 것이 타인과의 소통인 것이다.

함께 하고픈 이유인 것이다.

사람은 관계 속에서 떼려야 뗄 수 없는 사이다.

그래서 온 마음과 정성으로 사랑하는 마음을 가져야

한다.

 진정한 소통은 사랑하는 마음이 우선시 되어야 비로소 가능하지 않을까 한다.

 그리고 가끔씩 주변에 혼잣말을 하는 사람들을 종종 볼 수가 있다.

 무의식적으로 나오는 것인지, 의식적인지 알 수는 없지만 남녀노소, 어른과 아이 할 것 없이 자주 목격하게 된다.

 왜 그럴까? 생각해 보면 심리적인 면과 사회관계적인 면이 있지 않나 싶다.

 외롭거나, 불안하거나, 도움이 필요하거나, 감정이 격해지거나, 마음에 병이 있거나 등에서 자신의 의사를 나타내지 못하고 꾹 참아 내면화된 자기와의 대화 방식이지 싶다.

 혼자 있기 좋아하고 주변 사람들과의 어울림이 힘든

사람일수록 더욱 그런 것 같다.

　사람은 말을 나누고 감정을 느끼며 타인과 함께 소통해야 하는 게 정상인데 심리적 균형의 조율이 힘들거나 하면 혼자 중얼거리는 도움의 표현을 하는 것이 아닐까도 생각한다.

　또 다른 문제는 요즘엔 자신도 모르게 카페인(카톡, 페이스북, 인스타그램) 중독증이 의심되는 분들이 꽤 많다.

　문명이 주는 편리함이 아날로그적 사람의 입장에서 보면 결코 좋지 않다는 것을 인지하여야 한다.

　또한 폰을 어디 두거나 잃어버린 뒤 행동 등을 보면 불안함과 초조함, 짜증과 화까지 동반되어 혼잣말과 발을 동동 구르는 모습들을 심심찮게 보게 된다.

　그래서 나는 특별하게 주말이나 휴일엔 폰을 사용하지 않으려 한다.

　평일에는 일과 모임 약속 등이 있지만 주말과 휴일만

큼은 약속된 일과 사람 외에는 일절 만나질 않는다.

그래서인지 아직까지 카페인 중독은 없는 것 같다.

일주일에 몇 시간, 며칠만이라도 하지 않는 습관의 변화를 주면 아무 탈 없이 유용하게 사용할 수 있다.

무엇이든지 과하면 탈이 난다는 것을 잊지 말고 적당히 하면서 사람들과 소통을 하다보면 혼잣말하는 분들도 적어지리라 본다.

속으로 병을 키우지 않는 슬기로움이 필요한 요즘이다.

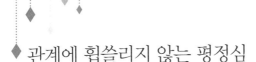

◆ 관계에 휩쓸리지 않는 평정심

많은 사람들이 이런 얘길 한다.

"나를 힘들게 했던 감정들은 시간이 흘러 지나고 나서도 그 시절 속에 고스란히 남아있었다."

관계가 깊어질 때마다.

무엇이 힘들고 무엇 때문에 힘들어할까.

그 관계란 것이 도대체 무엇이기에.

관계는 가장 가까운 가족 관계에서부터 친구나 벗과 지인과의 관계, 회사의 상사와 선후배와의 관계, 외부 모임에서의 관계 등이 있다.

우리는 그렇게 떼려야 뗄 수 없는 관계 속에 섞여 대화를 하며 소통하고 지낸다.

그런 가운데 현실은 소통의 부재 속에서 관계의 어려

움을 토로하면서 마음에 상처처럼 쓰라림의 아픔을 연약한 마음으로 받아내고 감내하며 속으로 삭힐 뿐이다.

그 어떤 위로의 공감도, 어루만짐의 쓰다듬도, 속 시원한 수다의 속풀이도 없이 내 안의 어떤 곳에 상처뿐인 아픔으로 담아 놓는다.

나의 경험에서 비춰 보자면 관계의 어려움에서 해방되려면 우선적으로 마음의 평정심을 유지하는 것이 우선시 되어야 한다.

또한 상대의 어떤 말이나 행동에 너무 민감하고 예민하게 반응하는 모습이나 행동을 가급적 하지 않아야 한다.

그런 반응의 모습들이 습관처럼 작용하여 그런 상황이 연출되면 마음속에서 슬그머니 올라와 나의 감정을 온통 지배해 버리기 때문이다.

마음의 평정심을 유지하면 그 어떤 흔들림의 말과 행동에도 동요하지 않고, 관계에서 상처받거나 아파하거나 우울해할 것에도 스스로 넘겨낼 수 있게 된다.

그리고 명심해야 할 것은 언제, 어느 때 나도 모르게 누군가에게 내가 받은, 내가 입은 관계의 불편함이라는 아픔을 줄 수도 있다는 것을 알아야 한다.

이 사람은, 저 사람은, 그 사람은 그렇고 저런 사람이려니 하며 훌훌 털어 버리는 것이 마음과 정신 건강에도 좋다.

마음속으로 귀담아듣고 경청하고 존경해야 할 것이 있고, 소귀에 경 읽기처럼 너무 마음 쓰지 않고 지나가듯 흘러가듯 두면 관계에서의 어려움도 극복하고 이겨 낼 수 있게 되며 평온한 마음으로 관계 맺음을 이어나갈 수 있게 된다.

평정심의 유지가 관계에서 흔들리고 휩쓸리지 않고 평안하게 지낼 수 있는 하나의 방법이다.

생각의 주석

우리는 사람 때문에 웃고, 울고, 사랑하고, 미워하고, 배신하고, 용서하며 산다.

한편으론 그런 사람을 그리워하고, 잊으려 애쓰며 산다.

돌아보면 우리가 걸었던 길목마다 사람이 있었다.

살다 보면 사람이 두려운 적도 있다.

그럴 때면 차라리 아무도 없는 곳에서 살고 싶단 생각이 들 때도 있다.

나를 둘러싼 사람들이 모두 내 혹이고, 짐처럼 느껴질 때도 있다.

세상에서 가장 힘든 일이 인간관계라는 말에 고개를 끄덕인다.

'타인은 지옥'이라는 어느 철학자의 말에 크게 공감할 때도 있을 것이다.

과연 나 혼자서 살아가는 일이 단 하루라도 가능할까

를 생각해 본다.

　마음대로 돛은 조종할 수 있지만 바람을 조정할 수는
없다.

　다만 어떤 인생의 바람을 만나더라도 마음의 돛을 희
망 쪽으로 바꾸는 일은 순전히 내 몫이다.

　믿었던 사람이 내게 등을 돌리는구나 싶은 순간이 올
때면 세상에 나와 함께 살고 있는 좋은 사람을 찾아보
고 떠올려보거나 만나 보는 것이 좋다.

　세상이 삭막하고 각박해졌다고 말하지만 사실 주위를
둘러보면 정말 따뜻하고 좋은 사람들이 참 많다.

　서로에게 힘이 되어주는 우리가 되었으면 좋겠다.

◆ 그때 그 시절

　주체할 수 없이 흐르는 눈물과 서러움과 두려움이 밀려 올 때면 나약하지 않으려 애썼다.

　거칠고 무서운 세상에 던져진 어리고 여린 몸뚱이였지만 악착같이 살아야 하는 동물적 본능으로 다짐했고 정신적 무장을 했다.

　모르는 이들이 말을 걸어오거나 아는 체 했을 때도 나의 치부와 약점을 들키지 않으려 무표정과 함께 입을 닫았다.

　혼자라는 외로움과 서글픔과의 사투로 사람을 등지며 살고자 했다.

　나를 내보이지 않으려 고립무원의 동굴 행을 선택했고 귀도 닫았다.

독기를 품고 지지 않으려 피터지게 싸움도 했었다.

무엇이 나를 그렇게 만들었는지도 모른 채 철저히 나를 감추고 숨죽이며 살아가는 나를 보며 탄식했고 치를 떨었다

그리고 어느 날 더 이상 비참하고 비굴하게 살지 않으려 나는 나를 내보이기로 했다.

단지 세상 속 그들처럼 인간답고 사람답게 살고 싶었기에…

생각의 주석

14살부터 홀로서기를 해야 했고, 가슴앓이와 현실에서 버텨야 하는 생계를 오로지 인내하며 버텼던 시기가 25년 동안 지속되었다.

삶을 포기하고 싶어 나쁜 생각도 했었다.

속세를 등지고 싶어 작은 암자에서 묵언수행을 하며 2년여 지낸 뒤 스님의 말씀에 속세로 내려와 엉킨 실타래를 풀어 나갔다.

그 후 '삶을 사랑하고, 사람을 사랑하자'라는 마음가짐으로, 염세주의자에서 바뀌어야만 살 수 있음을 깨달았다. 긍정주의자로 탈바꿈하면서 그 동안 꼬여있던 실타래가 서서히 풀리게 되었다.

한 마디로 '인생사 새옹지마, 고진감래'라고 지금에서야 돌이켜 볼 수 있게 되었다.

세상 모든 것엔 저마다의 사연도 있다지만 사람의 사연만큼 구구절절하고 파란만장한 희로애락의 이야기도 없지 싶다.

　사람마다 개개인의 살아온 이야기를 듣노라면 인생극장이 따로 없을뿐더러 영화나 드라마 소재가 되어도 감동적이고 뭉클함을 전해주리라는 생각도 하게 된다.

　역사와 위인전을 보더라도 우리가 알지 못했던 세상에 드러나지 않았던 비화나 사건 등이 많다.

　일화나 에피소드에 들어있는 뒷이야기는 극적이며 드라마틱하다.

　그 속에는 인간이 느끼는 모든 감정과 고통, 쓰라린 아픔, 지울 수 없는 상처와 트라우마로 동반하기에 당사자의 정신적 고통은 물론 피눈물까지 쏟아내는 격한 소용돌이 속으로 빨려 들어 시간이 한참 지나도 쉽사리 잊기는 힘이 든다.

　다만 바라는 것이 있다면 사람은 현실을 살기에 상처나 아픔만을 생각하며 살 수만은 없듯이, 극복하고 이겨내어 살아가야 한다는 사실만은 명심하였으면 한다.

넘어지고, 쓰러지고 다친 스스로가 용기를 내어 세상 밖으로 나와 살아간다면 조금 빨리 상처도 아물고 치유도 되리라 생각한다.

웅크리지 않고 세상에 떳떳하고 당당히 맞서는 마음과 정신을 지녀야 한다.

그것이 내 삶에 대한 노력이자 예의이며 사명이다.

그 뒤에는 반드시 기쁨과 즐거움이 행복과 함께 찾아온다.

◆ 버티고 이겨내면

서적 유통에 몸담고 있을 당시 IMF 구제금융 시절 천안에서 첫 서점을 오픈했었다.

그간의 노하우 덕에 1년 동안 억대의 매출을 올렸다.

무일푼으로 시작해서 온 몸을 불사르며 젊은 20대의 나이에 디스크가 올 정도로 억척스럽게 버티며 살았고 내 사업을 할 수 있었던 시기였다.

그 후 뒤늦은 IMF 후 폭풍이 찾아왔다.

매출은 줄어들었고 임대료와 인건비의 압박이 서서히 오기 시작했다.

급기야 고용했던 2명의 직원도 내보내야 했고 혼자서 감당해야 했다. 결국 벌어놓은 돈마저 까먹게 되었다.

그 와중에 인터넷 서점이 들어서고 서점이 점점 줄어

들면서 문을 닫을 수밖에 없게 되었다.

인생이란 예측 불가능한 것임을 알기에 어떻게든 버텨내야 했다.

버티다 보면 또 다른 희망의 기회가 온다는 것을 알기에 버텨냈고 지금 다른 기회의 삶을 살아가고 있다.

지금 눈앞의 현실이 절망의 낭떠러지 일지라도, 늪에 빠져 헤어 나올 수 없는 참담하고 암담한 현실이라도 마지막 희망의 끈은 놓지 않았으면 한다.

고비를 넘기고 넘어서면 이겨내는 내공의 힘이 생긴다.

그러니 버티고 버텨내시길 바란다.

그렇게 버티고 이겨내면 또 다른 깨달음의 삶을 가진 눈높이를 만나게 된다.

그리고 보란 듯이 성공하면 된다.

그 혹독한 경험을 겪어본 한 사람으로부터.

◆ 쓸모 있는 사람

사람은 누구에게나, 어디에서나 쓸모 있는 사람이 되기 위해 부단하게 노력하며 산다.

그것이 자신을 위한 것일 수도, 타인을 위한 것일 수도 있다.

아이에게는 삶의 전반적인 필요한 부분을 채워주는 부모로,

학생에게는 인성과 지식을 심어주는 스승으로,

사회에서는 제각각 삶의 롤모델로,

누군가의 도움 없이 살아갈 수 없는 이에게는 삶에 대한 희망과 꿈을 나눠주는 봉사자나 도우미로,

그리고 인간의 내적 성숙의 지혜를 주는 멘토로서 누군가에게 필요한 사람으로 살아가고 있다.

결국 쓸모가 있느냐 없느냐의 차이다.

꽃이 피면 나비와 벌이 찾아가듯이.

나비와 벌을 유혹하기 위해, 쓸모 있기 위해 꽃은 더욱 아름답고 쓸모 있게 피려고 할 것이다.

우리 인생도 이와 같다.

내 인생의 꽃도 나비와 벌이 찾아들 수 있게 나의 어떤 면모가 쓸모 있게 피느냐 아니냐의 차이에 따라 나의 인생 전반의 값어치 또한 달라질 것이다.

호랑이가 가죽을 남기듯 사람은 이름을 남기느냐 아니면 자신만의 또 다른 무엇인가를 남기느냐 하는 것이다.

쓸모 있는 인생의 값어치를 만들어가는 우리였으면 한다.

◆ 길동무가 생각나는 가을 어느 날

　우리에게 정말 소중한 건 살아가는 데 필요한 많은 사람들보다는 난 한 사람이리도 마음을 나누며 함께 갈 수 있는 마음의 길동무다.

　어려우면 어려운 대로, 기쁘면 기쁜 대로 내 마음을 꺼내어 진실을 이야기하고 나눌 수 있는 벗, 그런 마음을 나눌 수 있는 벗이 간절히 그리워지는 날이다.

　사막의 오아시스처럼 소중한 사람을 위하여 우리는 오늘도 각자 삶의 길을 걷고 있는지도 모른다.

　물질문명이라는 냉혹한 세상의 사막에서 마음의 문을 열고 오아시스처럼 상쾌하고 달콤한 이웃과 친구 그리고 좋은 인연을 만났으면 좋겠다.

　아니, 그 보다는 내가 먼저 누군가에게 오아시스처럼

좋은 친구와 이웃이 되어 주고, 아름다운 인연이 되어 줄 수 있는 시원하고 맑은 청량감 넘치는 삶을 살았으면 하는 바람을 깊어가는 가을날에 가져본다.

문득 '친구 없는 인생은 증인 없는 죽음이다' 라고 했던 말이 떠오른다.

◆ 다짐 앞에서

　지난해를 돌아보고 부족하고 아쉬웠던 혹은 미흡했던 것들을 정리해서 조급하고 성급한 마음이 앞서지 않게 천천히 두루두루 살피며 그렇게 한 해를 걸어가려 한다.

　때론 그 길이 감당하지 못 할 수도, 힘에 겨워 버거울 수도, 생각 이상의 상황에 직면할 수도 있을 것이다.

　그럴 때마다 나 자신을 믿고 당당하고 담대하게 그 길을 가려 한다.

　그 어떤 고난이나 어려움의 역경 또한 이겨내고 극복하여 나 혼자만이 아닌 주변의 조화와 더불어 함께 할 것을 마음속에 다짐하며 그 다짐의 작은 불씨 하나 가슴속 깊이 심어 놓으려 한다.

　그리고 다시 한 해를 돌아보는 시기가 되면 내 가슴

속에 심어 놓은 작은 불씨는 활활 타올라 그 생명력을 소진한 후 한 줌 재가 되어 있을 것이다.

하나의 작은 불씨가 활활 타오르고 재가 되기까지의 과정을 잊지 않을 것이며, 혼신의 마음을 다하는 한 해가 되기를 스스로에게 다짐해 본다.

옛말에 '궁중에는 희언이 없다'라는 말이 있다.

그 뜻은 자신의 말이나 다짐의 약속은 목숨을 걸고서라도 반드시 지킨다는 뜻이다.

◆ 일맥상통한 인연

　일생을 살아가면서 무수히 만나는 사람들 중에 맥이 닿는 사람을 만나기란 쉽지 않다.

　〈명당〉이라는 영화가 있다. 명당은 기가 흐르는 이상적인 환경의 터를 말한다. 인간의 명운을 바꿀 수 있는 땅의 기운이다.

　나라의 기운이 깃든 명당,

　조상의 길운이 자리한 명당,

　장사와 자녀 운이 서려 있는 자리 등

　기운과 운세가 오장육부의 혈액순환처럼 잘 통하는 지리적 환경적인 터여서 명당이라 한다.

　사람과의 관계에서도 맥이 통하는 관계가 있다.

　처음 만난 관계에서 묘한 끌림의 기와 혈의 교차점인

맥을 서로가 짚음으로써 결국에는 만날 수밖에 없는 기운을 느낀 것이다.

몇 번의 만남으로 서로의 기와 혈을 느껴 맥을 짚을 수 있고 그리하여 서로가 희망하는 교차점을 공감하고 함께 할 방향에 대해 진솔한 이야기를 나눌 수 있는 그런 인연의 만남.

맥이 우선하면 기와 혈을 흐르게 하여 맥으로 향하는 궁극적인 만남이 곧 진한 인연이리라.

서로 상생할 수 있고 궁극적인 목표점이 하나의 그곳으로 모이는 만남이 사람과 사람 사이인 맥의 인연일 것이다.

오늘 내가 만나는 사람들 중에도 스쳐 지나는 인연과 오래도록 함께 할 수 있는 인연이 있을 수도 있다.

그런 가운데 맥을 잘 짚으셔서 오래 할 수 있는 사람을 잘 살펴 기운이 상생할 수 있는 인연의 만남을 이어 나갔으면 좋겠다.

사람을 보는 눈은 맥을 잘 짚는 것과 명당을 잘 보는 눈과도 일맥상통하는 것이지 않을까 싶다.

◆ 동행

내 곁에 함께 걸어 줄 누군가가 있다는 것.

그것처럼 우리 삶에 따뜻한 것은 없을 것이다.

돌이켜 보면 우리는 늘 혼자였다.

주변에 사람들은 많았지만 정작 중요한 순간에는 언제나 혼자였다.

힘들고 지쳐 기대고 싶을 때 그 누군가의 어깨는 보이질 않았으며, 손 내밀어 잡고 일어서려는 절실한 마음에도 누구의 손도 건네 오질 않는다.

산다는 건 결국 내 곁에 아무도 없다는 것을 확인하는 일이다.

비틀거리고 더듬거리더라도 혼자서 걸어가야 하는 길에 들어선 이상 멈출 수도 가지 않을 수도 없는 그 외길을 같이 걸어 줄 누군가가 있다는 것.

그것만 한 삶에 영양제는 어디에도 없을 것이다.

혹여 주변에 누군가가 당신을 필요로 하는 이가 있다면 따뜻한 손을 건네고, 힘들어 지쳐있는 누군가에게 기대어 잠시 쉴 할 수 있는 어깨도 빌려준다면 우리는 혼자가 아닌 함께이고 같이여서 외로움을 이겨내고 더욱 힘을 내어 나아갈 수 있을 것이다.

같이의 가치는 우리의 삶에 피로 회복제가 되어 일상을 활기차고 행복하게 만들어 준다.

당신의 동행同行은 지금 어떠한가?

◆ 시. 절. 인. 연 속 너나들이의 연

한 해를 살아오며 그간 바람처럼 왔다가 물처럼 흘러가버린 인연도 있었고, 스치듯 지나 다시 만난 이후에 더욱 끈끈한 정이 들어 단단해진 인연도 있었다.

만나야 될 인연과 만날 수밖에 없는 인연, 만나서는 안 될 인연과 만나고 싶어도 만나지 못하는 인연, 어쩔 수 없이 떠나보내야 하는 인연 등 인간의 삶에서 인연은 떼려야 뗄 수가 없는 그 무언가가 있나 보다.

그것이 시. 절. 인. 연이다.

여러 모임과 워크숍, 세미나, 공연, 강연, 소개 등에서 만난 인연들은 단순한 인연이 아님을 알아야 한다.

그렇게 만난 인연의 지속됨은 진실한 마음에서 우러나는 말과 행동, 생각이 그 인연들과 더욱 돈독하고 끈

끈하게 만든다는 것을 알아야 한다.

  그렇게 만나 인연된 사람은 나를 보고, 나를 대하듯 소중히 해야함은 물론이요, 처음처럼 변함없이 시종여일始終如一 하여야 한다는 사실.

  그래서 오늘 한 해 동안 만나온 인연과 그 인연 속 나의 진실함을 돌아보련다.

  시절인연과 너나들이의 삶을 살고자 하는 나에게 오늘 인연의 소중하고 귀한 관계의 연을 다시금 되돌아본다.

◆ 구김이 없는 인생

'구김이 없다.'

얼굴의 표정이나 성격에 서려 있는 그늘지고 뒤틀린 모습이 없이 편안한 모습이라는 뜻이다.

오래전 앞이 막힌 막다른 시절에 말없이 무표정으로 일관하며 일만 하던 시절이 있었다.

얼굴에 근심과 걱정의 수심이 가득 찬 시기였다.

그렇게 얼굴의 표정과 몸짓에 드러나는 것이 구김살 이다.

늘 마음이 아프고 노심초사하니 자연스럽게 배어버린 것이다. 자존감 상실의 상태다.

모진 인생살이의 고단함을 사는 우리네 인생에 아픔 없는 사람, 상처 없는 사람이 있을까?

하지만 살아보니 깨닫게 되었다.

불가피한 환경과 상황이 주는 구김의 삶이 아니라면 얼마든지 그 마음에서 벗어날 수 있다는 사실을.

쉽지는 않겠지만, 긍정의 마음으로 즐겁고 마음 편히 지내면 가능하더라는 사실을.

그렇게 살리라는 단단한 마음으로 많이 웃는 연습과 긍정의 심리를 되새기며 하루하루 살아간다면 먼 훗날 밝게 바뀐 당신의 모습을 만날 수 있을 거라 확신한다.

시련의 꼬이는 인생, 고단하고 퍽퍽한 인생이지만 작고 적은 것에 만족하며 살아가면 반드시 기쁘고 즐거운 날이 오리라는 믿음으로 자신을 믿고 살아가셨으면 좋겠다.

반드시 좋은 날은 온다.

◆ 다시 돌아오지 않는 것들

　인생에는 흘러가면 다시는 돌아오지 않는 것들이 많다.

　세월과 시간, 나이와 주름, 학창시절, 아이스케키, 교복, 완행열차, 뻥 튀기, 족자, 요강, 고고장, 롤러 스케이트장, 동시 상영, 양품점, 세발자동차, 다방, 연탄, 청군백군, 토큰과 회수권, 버스 안내양, 쥐 잡는 날, 반공 방첩, 다이얼 전화, 다리 네 개의 여닫이 티브이, 새마을 노래, 굴렁쇠, 교련, 우물, 삯바느질, 불량식품…

　그 시간 그곳에서 함께 했던 추억은 늘, 언제나 우리의 기억과 추억 속에 자리한다.

　가끔씩 당신의 추억을 떠올려 보라.

　입가에 미소가 번질 것이다.

다시 돌아오지 않는 것들에는 힘든 시기의 아픔과 함께 견뎌 냈던 시기의 가족과 친구, 추억과 정겨움, 아련함과 애잔함이 동반한다.

그러하니 지금 이 시간 이후의 모든 것이 다시는 돌아오지 않는 첫사랑의 선물이다.

◆ 어느 퇴근 길

　오늘따라 유난히도 달이 둥글고 밝네요.

　강바람 또한 어찌나 시원하던지요.

　둥근 달은 방긋방긋 웃고, 바람은 코끝을 간지럽히네요.

　늦은 퇴근 길 지친 몸을 달과 바람이 풀어주네요.

　저절로 입가에 번지는 흐뭇한 미소가 하루의 피로를 절로 가시게 하네요.

　하마터면 깜빡 속을 뻔했네요.

　둥글둥글 보름달인줄 착각했었네요.

　아무려면 어떤가요. 보름이든 아니든 오늘만큼은 저 달이 나에겐 보름달이고 바람은 친구인 것을요.

◆ 이별하는 마음

이별이 두려워 정을 주지 않는다고 한다.
힘들고 아파서 만나는 사람을 잴 수밖에 없다고 한다.
이별이 귀찮아 만남도 싫다고 한다.
돌아가기엔 이미 멀어진 마음에 스스로가 아파한다.

떠나버린 마음만큼 힘들어하는 나의 마음이 문제
일까?
이별은 그냥 받아들이면 될 뿐인데.
힘들다면 인연이 아닌 것일 뿐인데.
스스로 힘들게 할 뿐인데.
그럼에도 내 안에 남아 있는 너라는 그리움.

전화를 할까?

끝을 낼까?

붙잡을까?

이런 생각에 슬프고 아프다.

이별은 그래서 아픈 법.

'너 때문에'보다 '나 때문에' 더 아픈 것일 수도...

나의 액자에 상대를 맞추려 하지 않아야 상처받지 않는다.

만나고, 알아가고, 사랑하고, 헤어지고 이별하는 것이 인생이다.

우리는 늘 이별하는 마음을 준비해야 한다.

◆ 달이 벗이 되어 내게로

굳이 오지 못하여도 그 마음을 헤아릴 것이며,

만나지 못해 궁금했던 그 시간 동안의 안부를 마음으로 물을 것이며,

건강하고 무탈하게 잘 지내리라 여길 것이며,

내가 살아가고 있는 만큼 벗 또한 잘 살아가고 있음을 서로가 잘 알고 있으리라 여길 것이며,

멀리 떨어져 있는 해와 달과 견우와 직녀가 만나지 못하는 그 마음으로 벗을 떠올릴 것이며,

맨 발로 뛰쳐나가 맞을 그 날을 생각하며,

나는 벗에게 벗은 나에게,

굳이 좋은 벗, 멋진 벗이고 싶지 않음도 알기에.

그저 생각나 찾아가서 한 사람으로서 삶의 교감을 나누는 그런 벗으로 남고 싶다.

문득 오늘 보는 저 달이 벗이 되어 내게로 왔다.

◆ 인생은 스테디셀러처럼

　서점에 가보면 소설, 수필, 재테크, 부동산, 자기계발, 문학 등의 주제별 코너가 있다.

　한편에는 모두를 포함한 베스트셀러나 스테디셀러 코너도 있다.

　굳이 책에만 국한되는 것은 아니다.

　클래식과 가요의 명곡이나 죽기 전에 가봐야 할 곳, 우리나라 여행 명소나, 음식이나 음식점, 명품 등도 있다.

　그렇다면 사람의 베스트셀러나 스테디셀러는 어떤 것일까?

　노벨상을 타거나, 갑부이거나, 불굴의 인간 승리의 상징이거나, 명언을 남겼거나, 위인이거나, 스포츠 스타나 유명 연예인이 되었거나, 인류 역사 발전에 기여한 개발과 발명을 했거나 등 많은 분야에 걸쳐 있다.

다만 베스트셀러는 한때의 붐으로 잊히지만 스테디셀러는 오래도록 이어지기 때문에 더욱 가치있고 소중하다 하겠다.

해마다 트렌드와 유행, 이슈들이 있지만 그때뿐이다.

싫증나지 않고, 지겹지도 않고, 지루하지 않고 언제 들어도 좋은 음악과 언제 읽어도 좋은 책과 언제 만나도 기분 좋은 사람처럼 오래도록 가슴속에 자리할 수 있는 것이어야 하시 않을까?

늘 생각나지 않지만 중요한 순간엔 생각이 나서 보고 싶고 그리운 그런 사람.

세상의 수많은 사람들 중 하나인 나는 과연 어떤 사람으로 남을까?

죽음과 동시에 잊힐지, 누군가에게 어떤 모습으로든 꾸준하게 기억될까?

그래서 인생은 오래도록 꾸준하게 찾는 스테디셀러처럼 살아야 하지 않을는지.

◆ 모순적 자기 합리화

서점에 가보면 힐링과 치유와 상처, 공감 등 마음의 감정을 다루는 책들이 많다.

사회와 관계 속에서 적응하며 살아가는 것이 쉽지 않고 거기서 오는 감정들을 스스로 제어하지 못하는 현실 속에서 아등바등하며 마음의 병을 안고, 달고 살아가고 있는 것이다.

여기서 우리는 냉정하게 짚어 봐야 한다.

결과적으로 위로와 힐링 책들을 읽고 나서의 반응을 살펴보면 잠시 잠깐의 위로와 위안 뿐이다.

'에버랜드 효과'인 것이다.

잠시 벗어나 멋지고 화려함에 취한 그 시간만 즐거울 뿐 다시 냉혹한 현실로 돌아오면 벗어나기 전의 상황으로 돌아간다는 것이다. 일종의 마취 효과라고 보면 이해가 쉽다.

그만큼 사는 게 힘드니까, 나만 그런 것이 아니었구나, 안심하고 또다시 힘들어하고, 드라마와 책을 보며, 심리 치료가 주는 위로와 위안에 공감하고 안주하며 사는 식이 반복되는 것이다.

결국 자기 합리화인 것이다. 이 얼마나 모순적인가?

위로와 힐링 책이나 심리 상담도 그저 그때뿐이다.

얼마간 마음을 편안하게 할 뿐 치료와 치유는 되지 않는다.

제발 잠깐의 달콤함에 헛된 시간을 낭비하지 말고 안주하지 말고 스스로 인생을 소중하고 귀하게 여겨 그러한 감정들에 묶여 있는 내 안의 감정들에서 떨치고 헤어 나오겠다는 노력과 행동으로 하루하루를 살아간다면 어느 순간 바뀐 내 모습을 발견할 수 있으리라 확신한다.

나도 한때는 비관주의자였다.

자신의 마음 민낯을 드러내 좋은 모습으로 바꾸려는 노력 없이는 제자리 걸음뿐이다.

자기 인생을 누군가에게 의지하며 살아가서는 안 된다는 것을 알아야 한다. 어린아이가 아니다.

치열하게 자기 인생을 살아가는 당신이길 바라며.

늪에서 나오려고 내민 손을 잡아 줄 수는 있어도 내민 손을 잡고 나오려고 스스로 애쓰지 않는다면 결코 빠져나올 수 없다.

알을 깨고 나오려 애쓰는 마음과 행동에서 상처와 아픔은 치유된다.

◆ 사람을 품는 사랑

사람은 사랑 안에서 태어났다.

사랑은 사람을 품는다.

사람은 사랑 안에 있어야 온전하다.

그 사랑에 금이 가거나 사랑이 깨어진다면,

사랑이, 사람이 어떻게 변할지는 아무도 모른다.

좋게 끝나기도 하지만 대부분은 치유할 수 없을 정도의 아픔과 상처를 주기도 한다.

그 어떤 사랑이든 금이 가고 깨어지면 쓰리고 아픈 법이다.

그럼에도 우리는 또 사랑을 찾아 떠난다.

금이 가고 깨어진 사랑을 뒤로하고 다시 찾아 헤맨다.

인간은, 사람은 늘 외로우며 사랑에 늘 굶주려 있

기에…

사랑은 무한한 그것이다.
큰 사랑은 사람을 품을 때 비로소 느껴진다.
우리 서로 사랑하고 살았으면 좋겠다.

그리하여 사랑 충만한 사람이 되었으면.

◆ 내 안의 비루함을 보며

겁 많고 소심했던 나는 사람들의 무시가 싫어 큰 소리로 떠들어 대고 호탕하게 웃었다.

그러면서 사람들의 눈치를 살폈다.

강하고 센 척했지만 속은 여렸고 두려움과 공포에 떨었다.

또래의 친구들이 모두 즐거워하고, 행복해하는 모습을 볼 때면 살의를 느끼기도 했다.

늘 가난하고, 배고팠고, 남루했던 옷차림과 있으나마나 한 가족의 의미 속에서 나는 거칠고 폭력적이었다.

누군가의 성공과 잘 나가는 모습에서 그의 불행과 실패를 생각했고 죽음에 이르는 모습을 그리며 이중적인 기쁨의 위안에 통쾌해했다.

나는 체에 걸러 떨어진 고운 입자의 그것이 아닌 걸러지지 않고 체 위에 걸려있는 더럽고 쓸모없는 그것이었다.

그 모습이 나라는 존재임을 확인했다.

걸러지지 않은 그것은 결국엔 버려진다.

걸러지지 않은 그것을 알고 그것을 버려야만 했다.

사람답게 살아가기 위해서는.

나를 알고 내 안의 비루함을 바라보며.

◆ 풍경 속 나

눈앞에 그림 같은 풍경을 마주한다.
풍경은 나를 깨끗하고 투명하게 해준다.
그 풍경 속에 내가 있다.
나와 풍경은 또 다른 풍경이 된다.

하나의 들풀이 되었고,
한 송이 꽃이 되었고,
한 그루 나무가 되었다.
나와 풍경은 하나가 되었다.

하나된 풍경을 마음속으로 그려본다.
자연이 품은 나는 이미 자연이 되었다.

나는 자연의 사심 없이 품어주는 사랑으로 하나가 되
었다.

치유의 사랑을 선물해 주고 마냥 품어주는 것이 자연
이다.

# 자연이 아파한다

무엇이 중헌디? 도시의 빌딩은 하늘을 찌를 듯 끝이 보이질 않고, 도심 곳곳엔 높은 건물들이 빼곡히 들어 차 있다.

그 속에서 자연은 어느새 허물어지고 인공의 자연이 대체하고 있다.

이대로 가다간 더 이상 도심 속에서 자연 그대로의 자연은 만날 수 없게 될 것이다.

빌딩 숲에 가려 하늘도, 별도 볼 수 없게 될지도 모르겠다.

과연 이 길이 옳은 길인지, 정상적인 흐름인지 생각해 봐야 하지 않을까?

봄이 없는 여름은 갈수록 뜨거워지고 숨쉬기조차 힘

이 들고, 가을 없는 겨울은 몇 겹의 옷으로도 감당하지 못할 정도로 혹한기가 되어가는 세상에서 인공이 아닌 있는 그대로의 자연은 도심 외곽으로 가야만 만날 수 있어 씁쓸한 마음이다.

무분별한 계획으로 산은 깎여 신음하고, 그 속에서 사는 동식물들은 삶의 터전과 생태계를 위협받고, 사람들이 쉬다 가는 곳에는 온갖 쓰레기로 몸살이다.

너나없이 산과 바다 그리고 계곡을 찾지만 자연은 아파하고, 고통스러워한다는 것을 알았으면 싶다.

자연도 엄연히 살아 숨 쉬고 있는 생명임을 알아야 한다.

더 큰 재앙이 오기 전에 말이다.

4차 산업혁명이나 인공지능과 로봇보다, 자연을 얼마나 귀하게 보존해 나가야 하는지, 자연 없는 세상은 존재할 수 없다는 것을 정녕 알았으면 싶다.

신음하는 저 소리가 들리지 않는가?

◆ 담벼락에 홀로 핀 아름다운 너에게

척박한 세상에 너는 거기에 뿌리를 내렸구나.

그 동안 거친 모진 풍파 잘 견디어 내었구나.

외롭고 쓸쓸하지는 않았느냐?

이토록 튼튼하게 곱고 예쁘게 자라 기특하고 대견하구나.

홀로 거기서 뿌리를 내리고 생명을 이어온 너는 나보다 더 났구나.

우리 인간은 너처럼 혼자서는 살 수가 없단다.

그럴 용기도, 배짱도, 정신도, 건강도 없단다.

그래서 너는 다른 꽃들보다 더 예쁘고 아름답게 보인단다.

앞으로도 지금처럼 건강하고 예쁘고 아름답게 본연의

너답게 그 자리에서 잘 지내고 잘 자라기 바란다.

　가끔 내가 외롭고 지칠 때가 있다면 너를 생각하며
힘을 내리라.

　너는 이 세상에 단 하나뿐인 가장 아름다운 꽃이다.

　아프지 말고 건강하게 잘 지내렴.

　그리고 또 보자꾸나.

　너에게서 삶을 또 배우는구나.

◆ 산사의 고즈넉함

가끔씩 도심 속 소음과 여러 이유로 몸과 마음이 지칠 때면 산사의 고즈넉함과 풍경소리가 그리울 때가 있다.

짧게나마 산사 생활을 해본 나에게 그 시간 속 산사의 느낌을 깨우는 것을 보니 기억과 함께 몸 안에 저장되어 있었나 보다.

나뭇잎들이 스치며 내는 소리,

다양한 새소리와 계곡 물 소리,

풀벌레 소리와 청아한 풍경소리가 그립다.

특히 비가 내리는 날이나 비 개인 후의 산사는 모든 것들의 향기를 깨워서 내뿜는다.

그야말로 자연의 향기며 향수다.

풍경이 주는 소리가,
눈앞의 산수화와 풍경화가,
그런 소리와 향기, 고즈넉함이 그립다.

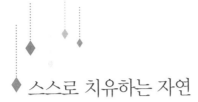

◆ 스스로 치유하는 자연

계절은 어느덧 가을 채비를 준비 중이다.

그렇게 뜨겁고 무더웠던, 자연의 무서운 태풍과 게릴라성 폭우도 지나가면 언제 그랬냐 싶을 정도로,

고요하다.

거칠게 휘몰아친 자연의 힘 속에서 산과 들 그리고 우리네 삶의 터전도 복구가 한창이다.

한 해를 살다 보면 이곳저곳, 여기저기 상처투성이가 된다.

마음 또한 그렇다.

이 사람 저 사람 만나다 보면 상처받기도, 상처 주기도 한다.

내 사람 같아 보여도 결국엔 타인이다.

사람을 잘 보고 가리는 것도 다 내 몫이니 누구를 원망치도 말자.

자연도 스스로 치유의 시간을 갖듯 우리도 그런 시간을 가져야 할 때가 가을인 듯 싶다.

자연이 자생적 치유의 힘으로 가을의 옷으로 갈아입듯 우리들 마음의 상처도 자연스럽게 아물기를 바라며 주변에 아파하는 이는 없는지, 상처받은 이는 없는지 살펴도 보는 마음 씀씀이를 가져보면 좋지 않을까.

보듬어 주고, 다독여 주는 마음으로 살아가면 살만한 세상일 것이다.

◆ 마음의 시선

　자연을 바라보며 아름답게 느끼는 마음의 시선.

　이런 마음의 시선으로 세상과 삶을 바라보고 사람을
만나고 대한다면 삶이 풍요로워지고 진실한 너나들이
사이도 가능할 수 있는 관계로 이어질 수 있다.

　오염되지 않은 순결하고도 순수한 마음으로부터의 정
성스러운 마음으로 나의 세상과 삶, 사람에 대한 시선
을 담는 마음 또한 그러하길 소망한다.

　때 묻지 않은 순수한 마음의 시선을 지니도록 마음을
자주 닦아주도록 하자.

추천사

글쓰기는 내가 아는 한 가장 효과적인 생각의 정리 방법이자 치유이며, 이성과 감성이 조화를 맞춰 꿈을 이루어내는 삶을 위한 모든 것이다. 글을 읽지 않고 쓰지 않는 영상 소통의 시대를 살며 글을 쓴다는 것은 어느덧 '용기'가 되었다. 글쓰기가 가져다주는 무한한 이점을 다시 한 번 상기시켜 주는 용기 있는 김유영의 책은 어쩌면 이 시대에 더 필요한 책인지도 모르겠다. 저자의 말처럼, 그럼에도 글을 쓰고 글을 읽을 때 우리는 살아있음을 느끼고 매일 성장하여 성숙한 나 그리고 성숙한 우리를 만들어 내리라 믿는다. 마음이 향하는 시선을 따라 우리도 곧 펜을 잡게 되기를 바라며...

— 이정민(데비 리), 《우리를 다시 살아가게 하는 시간》
《휘게 육아》《오픈 샌드위치》

가랑비에 옷 젖듯이 이 책을 읽고 있으면 끄적거리고 싶은 자신만의 '마음 챙김' 문장들이 생기는 경험을 하게 된다. '내가 할 수 있다면 당신도 할 수 있다'는 메시지를 남기며, 더불어 작가의 경험과 타인의 체험 이야기로 삶을 돌아보는 습관은 책읽기와 글쓰기가 시작점이라고 말한다. 그것을 증명하듯 술술 읽히는 일상의 소소한 이야기와 생각의 주석으로 독자의 주석을 비교하는 즐거움도 선사한다. 이 책의 마지막 페이지를 덮는 순간, 선물 받게 될 당신의 '용기 씨앗'은 어떤 모양일까 궁금해진다.

— 이경남, 《3분 명화 에세이》

하얀 종이와 연필이 있었으면 좋겠다. 창피해서, 민망해서 부끄러워서 써내려가지 않던 나의 글을 쓰고 싶다. 책을 읽어 내려가며, '내가 할 수 있을까?'에서 '난 할 수 있어!'의 마음가짐이라는 문장에 한참을 머물렀다. 숨 쉴 틈 없이 살아갈 때, 글쓰기를 통해 치유를 느꼈던 나 자신을 다시 찾았다. 편안한 글쓰기를 시작할 수 있게 생각의 주석을 실어준 책. 글쓰기의 힘을 알려준 책을 글쓰기가 어려운 여러분께 추천한다.

— 박소연, 《여자의 숨 쉴 틈》

평소 책을 읽을 때 저자의 생각과 사상을 들여다볼 수 있다는 점에서 '과연 어떤 책을 읽어야 하나?' 고민하던 시기가 있었다. 나를 돌아보는 다양한 방법 중 이타적 시선의 중요성을 강조하는 문구가 지금 시대에는 잘 찾아볼 수가 없다. 본문 내용 중에 나를 돌아보기 위해선 나 자신이 객체이면서 전체가 아니라 관객이 되어야 한다는 말이 기억에 남는다. 글을 써보라고 족집게 과외를 해주는 듯한 이 책을 내 속에 담아보며 나도 언젠가 누군가의 멘토가 될 수 있을 거라는 작은 기대를 해본다.

—정주현, 10년 멘티